植物之美

  植物的存在真是不可思议，植物向吞食它们的动物吐出氧气并供其呼吸，从鱼类到鸟类，从昆虫到走兽，各种动物无不直接或间接从植物中汲取生命的养分。白居易笔下"日出江花红胜火"的春天、张先画里"桃叶浅声双唱"的夏天、曹丕诗中"草木摇落露为霜"的秋天、马致远曲里"半梅花半飘柳絮"的冬天，无不是植物的创造使然。

  物尽其美，植物也有植物独特之美。大自然中如果缺少了植物之美，那一定是单调乏味的。有人说植物的美主要是美在它的叶片和花朵，也有人说美在它的果实和种子，还有人说美在它的根和茎，更有人说植物的美是一种整体美、自然美、和谐美、静态与动态的有机结合美、一种历史沧桑的记忆与现代不断变迁之美的结合、一种生存竞争与突变淘汰的不断变幻之美的结合、一种生长发育结构与机理协调统一的完美结合。

  各种植物千姿百态，各具风采。有的以花或叶的形态迷人，有的以枝干的姿态取胜，有的花、叶、茎相互衬托，呈现出整体的和谐。不同的形态表现出不同的风格，如牡丹以其丰硕的花朵尽显华贵，被誉为"花中之王"；文竹因其纤巧的枝叶，姿态飘逸，成为案头佳品；松柏则以苍劲、古拙的枝干而耐人寻味。本书因课程需要将植物之美分为美在其形、美在其色和美在其韵。其形、色和韵之美均通过花、果实、种子、根、茎、叶之美来表现。

  1. 植物之美，美在其花

  典型的花，在一个有限生长的短轴上，着生花萼、花瓣和产生生殖细胞的雄蕊与雌蕊。

  花之美，美在花瓣。花瓣之美，大多是花色先夺眼球。花瓣的花色主要是由花青素决定的。花青素是一种水溶性色素，存在于植物细胞的液泡中，是构成花瓣和果实颜色的主要色素之一。花青素可以随着细胞液的酸碱度改变颜色，使花瓣呈现五彩缤纷的颜色。

  花之美，美在花冠。花冠，是一朵花中所有花瓣的总称，因形似王冠，故称之为"花冠"，位于花萼的上方或内方，排列成一轮或多轮，多具有鲜亮的色彩。花冠的形状多样，如十字形、碟形、漏斗形、唇形、高脚碟形、钟状、轮状、筒状和舌状等。

  花之美，美在花蕊。花蕊为花的中心，位于花的中央部分，为高等植物所拥有。花蕊有雄蕊和雌蕊之分，可同时存在于一朵花中。雌蕊有子房、柱头两部分，其基部的膨大部分，内有一至多室，每室含一至多个胚珠。雄蕊由花丝和花药两部分组成，位于花被的内方或上方，在花托上呈轮状或螺旋状排列，数目因植物种类而异。

花之美，美在其味。花的香味源于花瓣。其一是有些花瓣中含有油细胞，带有香味的芳香油可由此分泌出来，随着水分挥发到空气中。当天气晴朗，艳阳高照、温度升高的时候，花瓣中的芳香油挥发得更快，飘得更远，所以香味更加浓郁。有的花如夜来香、米兰等是在夜晚开放的花，香气比白天还浓，是因为这些花瓣上的气孔在空气湿度越大时，张得越大，芳香油挥发得越多。其二是有些花瓣中没有油细胞，无法制造芳香油，其花瓣中含有一种本身没有香味的配粮体，这种配粮体在被分解时能散发出芳香来。

2. 植物之美，美在果实

果实是被子植物的花经传粉、受精后，由雌蕊的子房或花的其他部分发育而形成的具有果皮及种子的器官。

果实之美，美在其色。果实一般包括果皮和种子两部分。果实色泽与果皮中所含色素有关。主要的色素有叶绿素、类胡萝卜素、花青素等。由于果实中色素的含量与种类不同，使果实所呈现的色泽也不相同。通常较强的光照与充足的氧气，有利于花青素的形成，因此在果实向阳的一面，往往着色较好。此外乙烯、B9、萘乙酸等也可促进果实的着色，而生长素、赤霉素、细胞分裂素等能使果皮保持绿色。

果实之美，美在其味。甜味主要是果实中积累的淀粉，在成熟过程中逐渐被水解，转变为可溶性糖，如葡萄糖、果糖和蔗糖等，使果实变甜。酸味主要是果实中含有多种有机酸，使水果具酸味。主要的有机酸有苹果酸、柠檬酸和酒石酸等。随着果实的成熟，一部分酸转变成糖，有的被氧化，有的被钾离子和钙离子等中和，所以酸味下降。涩味是因为其含有大量的可溶性单宁质（鞣酸），单宁质有很强的收敛性，它能刺激口腔里的触觉神经末梢产生兴奋，产生"涩"的感觉。

果实之美，美在其多样。果实种类繁多，分类方法也是多种多样，根据果实来源，可分为单果、聚合果、复果三大类。

3. 植物之美，美在叶片

叶是植物进行光合作用和水分蒸腾的主要器官。

叶片之美，美在叶色。叶片中的色素主要是脂溶性色素，主要为叶绿素、叶黄素与胡萝卜素，三者常共存。

叶片之美，美在叶形。叶形是指叶片的外形。不同的植物，叶形的变化很大，即使在同一种植物的不同植株上，或者同一植株的不同枝条上，叶形也不会绝对一样，多少会有一些变化。

叶片之美，美在叶序。叶在茎上排列的方式称为叶序。植物体通过一定的叶序，使叶片均匀地、适合地排列，充分地接受阳光，有利于光合作用的进行。

4. 植物之美，美在其根

根是植物的营养器官，一般指植物在地下的部位。

根之美，美在其功能。根的主要功能为稳固植物体，从土壤中吸收水分和溶于水中的矿物质，将水与矿物质输导到茎，以及储藏养分。根部吸收矿物质最活跃的区域是根冠与顶端分生组织，以及根毛分生区。土壤中的各种离子先吸附在根表面，然后经能量转换的作用，通过细胞膜进入细胞中，再由细胞间的离子交换，进入维管柱的木质部导管。

根之美，美在其作用。一是固着和支持作用，根系将植物的地上部分牢固地固着在土壤中。二是合成能力，根部能进行一系列有机化合物的合成转化。其中包括组成蛋白质的氨基酸，如谷氨酸、天门冬氨酸和脯氨酸等。三是贮藏功能，根的薄壁组织发达，是贮藏营养物质的场所。

植物的美可谓姿态万千、韵味无穷。植物的花的颜色有的单纯明丽，有的复合多彩，有的清新素雅，有的浓烈艳丽，五彩缤纷、千娇百媚。植物的叶大都呈绿色，但不同的绿叶又有不同的韵味，如水仙的嫩绿、竹的翠绿、柳的碧绿等风采各异，至于"红于二月花"的枫叶更别有情趣。"客子山行不觉风，龙吟虎啸满山松"，植物发出的天籁清音，使欣赏者在观其形、色的同时兼获听觉享受，令植物美更富感染力。大多数植物的花朵芳香袭人，令人陶醉。有些树木，如樟树、楠木、檀香树等，其木质亦能散发沁人心脾的幽香。

自然条件下，各种各样的植物组成的是一种和谐的美，一种异样的美，一种令人无限向往的美。如说到牡丹花，人们会想起唐代刘禹锡《赏牡丹》的佳句"惟有牡丹真国色，开花时节动京城"；提起海棠，就会想起北宋黄庭坚的"海棠院里寻春色，日炙荐红满院香"；看到梅花，就会大声朗诵起毛主席的《咏梅》"风雨送春归，飞雪迎春到……待到山花烂漫时，她在丛中笑"。

每一株植物都是一件艺术品，人类之所以独爱某一种植物，不爱另一种植物，是因为欣赏它的角度不同。一直以来，我都认为幸福生活需要能力，其中欣赏美的能力是幸福生活的关键。世界的丰富多彩、美丽多姿，无不是植物的直接或间接创造使然。学会欣赏植物的美也是一项关键的欣赏能力。欣赏美的前提是认识美。关于美的论述很多，我认为植物的美至少包括其形美，其色美，其韵。学生认识植物之形，使学生不仅获得了相关的生物学知识，还能构建"生物体结构层次"的概念。同时本书从植物的根、茎、叶、花、果实、种子六大器官的形状和颜色来引导学生认识和欣赏植物之形的美，从植物与成语、童谣、古诗词等文学方面来引导学生认识和欣赏植物带给欣赏者的韵美，在"校园植物之多"篇，从校园植物的观赏和药用等方面来引导学生发现植物之美。

生物学是一门实验的科学，在中学的教学中应高度重视生物学实验室的建设和实验的开展。实验的开展如果仅限定于教材和课堂，无论是从实验的数量和涉及知识的范围，都是远远不能满足现在中学生的需要。中学生物学是一门与实际生活密切相关的学科，我们应该鼓励和引导师生充分利用身边的资源和材料，设计富有创造性的实验和实践活动。本书着眼之处是我们的校园，同时本书的每一节都有与植物相关的课后探究性调查，目的是以此开启师生在实验探索路上的一扇小窗，希望从窗口射入的阳光，能照亮我们中学生物学利用生活中的资源进行实验教学和开展实践探究活动之路。

一花一世界，一叶一人生。在这烟尘烦忧的花花世界之中，人生每一季开放的花，都是生命的热烈和香溢；每一次换叶，都是生命的续力和承启。每开一季花，生命就燃烧一次；每长一季叶，人生就上升一个高度。种玉蓝田，一茎一草，终将会果如所料。人偶有硕果之时，更应达地知根。在本书成册之际，心中充满感激。我的师傅尹丽杰主任一直以来对我的指导、帮助和呵护，始终萦绕心间。从上好课到研究课题，从与学生沟通到班级的管理，从与同事的交流相处到参与学校的行政工作，从恋爱到取妻生子，无一不凝聚着师傅尹丽杰主任的心血。在教育生涯中取得的每一次进步，在人生的历程中，跨上的每一个台阶都有师傅的无私付出。

感谢陈建宁校长的知遇之恩，是他给予我平台，让我在职业生涯中铿锵前行。感谢温永权书记为与本书相关的课程"校园里的植物学"开展，提出改进的建议。感谢曾轶副校长和马宇飞副校长，是他们指导我申请深圳市"好课程"项目，为本书提供了更好的研究平台。感谢陆宝元主席和赵敏主任为本书提出的修改意见。感谢邓兴明主任，是他为本书出版多次提供便利。感谢付维江主任，是他的提议和鼓励让我有出书的想法和干劲。感谢黄文雅老师为本书相关的课程"校园里的植物学"研究提供不遗余力的协助，是一位默默奉献的伟大合作者。感谢罗克强主任、冯金辉主任、张燕主任、王莉主任、景地主任、张华主任、张玺书记、葛蔓老师、麦新强级长、邓拥军级长、蓝继彬级长、赵雅杰级长、侯红燕级长、黎安丽级长、邵梦级长、余晴级长、李雪菁级长、黄婴级长、李姝予老师、何琳老师、钟如强老师、蔡金池老师、马欣纯老师、谢萌老师为"校园里的植物学"的顺利开展提供的帮助。

感谢我的父母和岳父母一直以来给我和家人无微不至的照顾，让我有更多的精力投入工作。感谢我的爱妻和我的女儿，她们用自己的行动教我"人间最美的是真爱"，也让我学会了更好地爱学生，更让我安心投入到我喜欢的教育研究工作中。

植物，春生冬息，生生不息，人生也何尝不是如此，晨起昏息，自强不息。植物的姹紫嫣红是最让人向往，不过在几场雨水之后就会消失了踪影，我们的青春也如此，绚丽耀人，不过总是经不起挥霍；落叶并不是无情物，就算最后也会化成春泥去护花，人生之花再炫丽也离不开无形无声中给予的力量的护花者。人生不只是花开满季，也需生根长叶，开花时需好好开花，长叶时需努力长叶。人生要想让盛夏的果实牢牢地长满我们的生命之树，需要在漫天飞舞的冬雪里，把青春的理想全部埋藏，静静地等待，等待来年的春暖花开……

编者

2019 年 6 月

目 录
CONTENTS

第 1 篇　植物之颜

第1章　植物的基本结构 / 002
第 1 节　花花世界 / 002
第 2 节　种玉蓝田 / 003
第 3 节　果如所料 / 005
第 4 节　达地知根 / 007
第 5 节　一茎一草 / 008
第 6 节　绿叶婆娑 / 010

第2章　植物标本的常识和精美标本欣赏 / 013
第 1 节　植物标本的常识 / 013
第 2 节　精美植物标本欣赏 / 015

第3章　植物标本的采集 / 017
第 1 节　采集植物标本的过程及注意事项 / 017
第 2 节　植物标本野外采集技能 / 020

第4章　植物标本的制作 / 023
第 1 节　标本的压制和消毒 / 023
第 2 节　植物标本的后期制作 / 025
第 3 节　标本的保存和使用 / 027

第5章　植物标本制作的应用技术 / 029
第 1 节　叶贴画的制作 / 029
第 2 节　叶脉书签的制作 / 030
第 3 节　树叶拓印画的制作 / 032

第 2 篇　植物之美

第6章　植物之美美在其形 / 035
第 1 节　树冠形 / 035
第 2 节　枝干形状 / 037
第 3 节　叶形 / 039
第 4 节　花果芽苞形 / 040
第 5 节　果实的形状 / 041
第 6 节　树皮、刺毛等的观赏特性 / 42
第 7 节　观赏树木的体量和质地 / 043

第7章　植物之美美在其色 / 045
第 1 节　叶色 / 045
第 2 节　枝干色 / 048
第 3 节　花色 / 049
第 4 节　果实芽苞色 / 051

第8章　植物之美美在其韵 / 052
第 1 节　关于植物的成语 / 053
第 2 节　关于植物的童谣 / 054
第 3 节　古诗词里的花草 / 055
第 4 节　古诗词里的树木 / 057
第 5 节　关于植物的谜语 / 058
第 6 节　向上的生命 / 059
第 7 节　关于植物的童话 / 061

第 ❸ 篇　校园植物之多

第 9 章　校园植物调查 / 065

第 1 节　校园植物的调查 / 065
第 2 节　校园植物中的中草药 / 067
第 3 节　寻找校园植物中的中草药 / 069
第 4 节　在校园里种下中草药 / 070
第 5 节　我所认识的中草药 / 072

第 10 章　校园里常见的植物 / 073

一、基及树 / 073
二、红背桂 / 074
三、垂叶榕 / 075
四、灰莉 / 076
五、南美蟛蜞菊 / 078
六、金叶假连翘 / 078
七、朱蕉 / 79
八、龙船花 / 81
九、白兰 / 82
十、紫鸭跖草 / 83
十一、木棉花 / 84
十二、海芋 / 86
十三、红花羊蹄甲 / 87
十四、金边龙舌兰 / 89
十五、华南毛蕨 / 90
十六、花叶艳山姜 / 91
十七、苏铁 / 92
十八、江边刺葵 / 93
十九、榕树 / 95
二十、鹅掌藤 / 97
二十一、大王椰子 / 98
二十二、高山榕 / 99
二十三、变叶木 / 101
二十四、凤凰木 / 102
二十五、酒瓶椰子 / 104
二十六、勒杜鹃 / 105
二十七、巴西野牡丹 / 106
二十八、旅人蕉 / 107
二十九、黄金榕 / 108
三十、人面子 / 109
三十一、睡莲 / 110
三十二、鸡蛋花 / 112
三十三、软叶针葵 / 113
三十四、凤尾兰 / 114
三十五、非洲楝 / 115
三十六、蒲葵 / 116
三十七、菠萝蜜 / 118
三十八、白兰树 / 119
三十九、黄素馨 / 120
四十、五色梅 / 122
四十一、假连翘 / 123

第1篇
植物之颜

第1章 植物的基本结构

第1节 花花世界

深圳市森林覆盖率40.04%，建成区绿化覆盖率45.1%，全市共建成绿道2400千米、公园942个，人均公园绿地面积16.45平方米，形成了森林进城、绿道穿城、绿意满城、花开鹏城的绿色发展新格局，"深圳蓝、深圳绿"已经成为深圳最靓丽的城市底色，实现了美丽与发展的双赢。深圳市共有维管植物近2100种、国家重点保护野生植物12种。大街小巷、公园里的鲜花争奇斗艳，使深圳市成为名副其实的"植物王国"。翠园中学初中部环境优美，春有百花争艳香四溢，夏虽有烈日可乘凉，秋季是果园见硕果累累，冬至却春绿花艳未见衰。幽雅的环境，四季常绿，全年有花，让人赏心悦目，被评为广东省花园式校园。无论是芬芳美丽，还是含蓄内敛的花，都是有花植物繁殖后代的重要器官。你认识下面这些花吗？

牡丹

簕杜鹃

兰花

玫瑰

一、活动准备

1. 认识单性花与两性花、雌花与雄花

单性花：雄花和雌花都是单性花。

两性花：既有雄蕊又有雌蕊的花叫作两性花。

两性花　雄花　　　　　雌花
　　　　　单性花
花的类型结构示意图（根据花蕊分）

2. 器材准备

放大镜

相机

镊子

二、探究活动

分小组对各种花进行细致观察,找出这些花的相同与不同之处,并解剖百合花。

海棠花

玉兰花

迎春花

"花的观察"报告会:
(1)分组汇报。
(2)讨论观察中发现的问题。

三、课后拓展

在生活中观察各种花,根据它们的构造进行分类:

观察对象	萼片	花瓣	雄蕊	雌蕊	分类
油菜花	4	4	多数	1	完全花两性花

第2节 种玉蓝田

平常所见的花草树木,所吃的粮食、瓜果蔬菜,绝大多数都是结种子的,这类植物称为种子植物。那么一粒小小的树木种子为什么能长成一棵参天大树?它的奥秘又在哪里呢?我们一起来揭示这个奥秘。

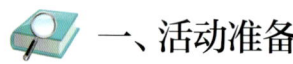

一、活动准备

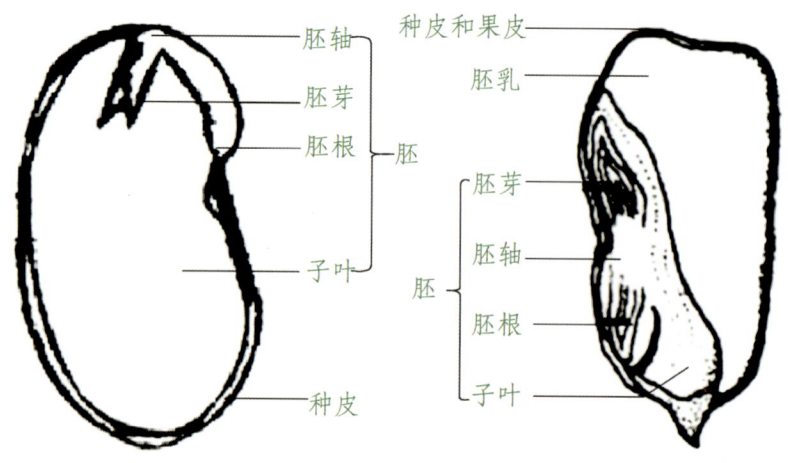

种子的结构

二、探究过程

1. 讨论

菜豆种子和玉米种子有什么相同点和不同点呢?

	菜豆种子	玉米种子
相同点		
不同点		

2. 种子植物分类

根据种子中子叶数目的不同,绿色开花植物分为两类:

单子叶植物:种子的胚有一片子叶的植物,如玉米、小麦、水稻等。

双子叶植物:种子的胚有两片子叶的植物,如菜豆、花生、大豆等。

三、课后拓展

请你收集校园内植物的种子,根据种子中子叶数目的不同,对校园植物进行调查:

序号	单子叶	双子叶
1		
2		
3		
4		
…		

第 3 节　果如所料

被子植物传粉受精，由子房或花的其他部分（如花托、花萼等）参与发育而形成果实。各种果实的颜色、形状和味道各不相同。让我们一起来认识这些常见的果实吧！

 一、活动准备

1. 认识果实

自主观察图片里的蔬菜和水果，通过对比找到共同特征。

通过对蔬菜和水果的观察比较，你发现它们有什么共同特征？

它们都是果实。果实的特征：外有果皮，内有种子。凡是由种子和果皮两部分构成的，我们就称其为果实。我们称种子以外部分为果皮。果皮保护着种子。

2. 果实的构造

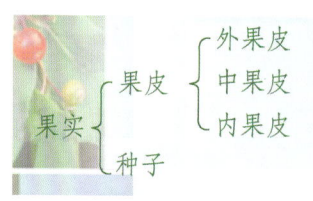

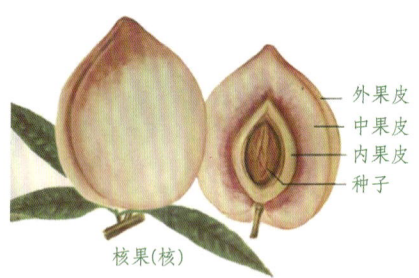

核果(核)

3. 果实的类型

单果

聚合果

聚花果

二、探究过程

你能分析以下这些果实的结构吗？

三、课后拓展

在生活中观察各种果实，根据构造对它们进行分类。在对应类别上打"√"。

观察对象	单果	聚合果	聚花果
苹果			

第4节 达地知根

根能帮助植物固着在土壤中，吸收矿物质和水分，满足植物生长的需要。不同植物的根，在形态上有什么差异呢？一起来看看右图吧！

 一、活动准备

根的特点

主根
侧根

有些植物的根由明显而发达的主根和各级侧根组成，叫作直根。

有些植物没有明显的主根，只有许多细长、像胡须一样的根，叫作须根。

直根：牛蒡　胡萝卜　水萝卜　凤仙花

须根：玉米　小麦　向日葵　大蒜

二、探究过程

观察根的特点,准备如下植物和工具。

植物:葱、狗尾草、香菜、大豆、水草、野蒿等。

工具:放大镜、直尺、镊子等。利用这些工具对这些植物的根进行观察。

(1)观察(从根的形状、根的长度、小根的数量等方面进行观察)。

(2)汇报观察结果。

(3)思考植物的根形态各异,那么这样的根对植物体有什么意义呢?

三、课后拓展

了解各种植物的根,根据其特点对它们进行分类。

观察对象	直根	须根
油菜花		

第5节 一茎一草

一到每年的"情人节",大街上的"蓝色妖姬"总是引人注目。由于世界上极少有自然生长的蓝色玫瑰花,因此人们认为蓝玫瑰是世间非常珍贵的花卉。"蓝色妖姬"最早来自荷兰,它是用一种无害的染色剂和助染剂调合成着色剂加工而成。在白玫瑰即将成熟时,将其切下来放进盛有着色剂的溶液里,让花在吸水时将着色剂吸入,把花瓣染成蓝色。水中的着色剂是如何到达花瓣上的呢?这就要提到与花朵相连的茎。

一、活动准备

植物的茎根据生长习性可分为:

(1)直立茎(erect stem):茎垂直地面。

(2)平卧茎(prostrate stem):茎平卧地上。

(3)匍匐茎(stolon stem):茎平卧地面,其节上生根。

(4)攀援茎(climbing stem):用各种器官攀援于其他物体之上。

(5)缠绕茎(twining stem):茎螺旋状缠绕于其他物体上。

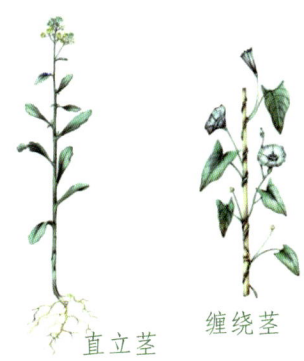

直立茎　　缠绕茎　　匍匐茎　　平卧茎

 二、探究过程

你能否按这些植物茎的形态特点正确分类呢?

 三、课后拓展

请按茎形态特点在校园内寻找相应的植物,每个至少找五种。

茎	植物名称	植物名称	植物名称	植物名称	植物名称
直立茎					
平卧茎					
匍匐茎					
攀援茎					
缠绕茎					

第6节　绿叶婆娑

与鲜艳的花朵比起来，植物的叶子似乎没有植物的花那么出色，但是没有叶子的点缀，花朵就没那么耀眼，俗话说得好："红花也要绿叶配"。对植物的叶子，我们好像只有一片绿油油模糊的印象，但是只要我们用心去观察，就会发现世界上永远没有两片相同的叶子。

 一、活动准备

采集校园内各种各样植物的叶子：

叶子的组成：

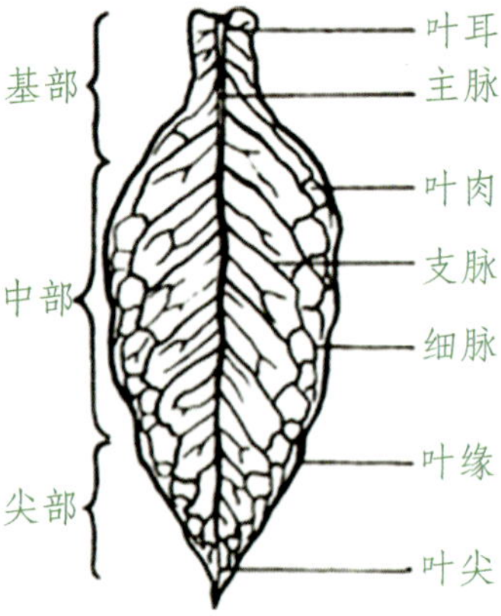

叶脉的种类：

网状叶脉

平行叶脉

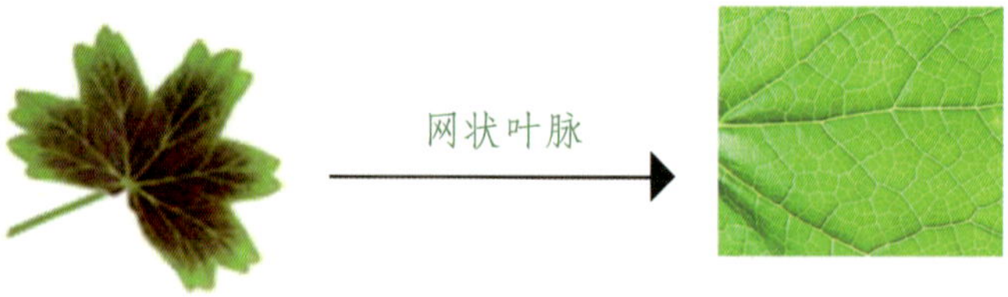

叶形：
叶片的形状常以长阔的比例、最阔部分的位置和叶的象形来描述。

不同叶形

单叶和复叶：
（1）每个叶柄上只有一个叶片的叫作单叶；
（2）叶柄上有两个以上的叶片的叫作复叶。

叶序：
叶在茎上着生的次序叫作叶序，叶序通常可分互生、对生、轮生和簇生。

蓖麻（单叶）

蝶豆（复叶）

邂逅植物之美

互生　　　　　对生　　　　　轮生　　　　　簇生

二、课后探究

在校园内寻找一些常见的叶子并进行归类：

叶片名称	叶脉的种类	叶形	叶系的种类

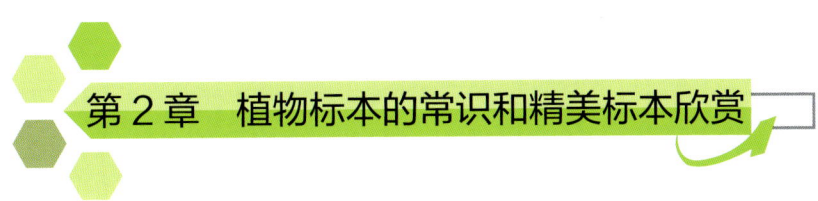

第2章 植物标本的常识和精美标本欣赏

第1节 植物标本的常识

 ## 一、什么是植物标本

植物标本就是将新鲜植物的全株或一部分用物理或化学方法处理后保存起来的实物样品。

植物标本是解决植物学教具的有力手段之一。当老师在课堂上讲到一种植物时，最好有这种植物的活体，以便加深认识。但有些植物是有区域性、季节性的，如果有植物标本，就不会受区域性、季节性限制了。同时，植物标本也便于保存植物的形状、色彩，以便日后重新观察与研究。少数植物标本也具有收藏的价值。

植物标本包含着一个物种的大量信息，诸如形态特征、地理分布、生态环境和物候期等，是植物分类和植物区系研究必不可少的科学依据，也是植物资源调查、开发利用和保护的重要资料。在自然界，植物的生长、发育有它的季节性以及分布地区的局限性。为了不受季节或地区的限制，有效地进行学习交流和教学活动，也有必要采集和保存植物标本。

 ## 二、植物标本分为哪几类？

按制作方法可分为腊叶标本、浸渍标本、风干标本、砂干标本及叶脉标本等。按标本部位可分为叶脉标本、果实标本和种子标本等。

最常见的植物标本是腊叶标本。腊叶标本又称压制标本，通常是将新鲜的植物材料用吸水纸压制使之干燥后装订在白色硬纸上（这种纸称为台纸）制成的标本。

腊叶标本对于植物分类工作意义重大，它使得植物学家在一年四季中都可以查对采自不同地区的标本。一些大的植物标本馆往往收藏百万份以上的腊叶标本，植物学家借助于这些标本从事描述和鉴定。16世纪后半期植物分类的迅速发展在相当大的程度上是由腊叶标本这种新技术促成的。

腊叶标本的意义并不局限于植物分类学的研究，腊叶标本的采集与制作在普通人眼里更多的是出于一种对自然与生命的感悟，出于一种博物学的传统和情结。当然，腊叶标本本身带给人们的美感也是一个重要的方面。

普通植物标本的制作一般在美观上不太讲究，也不是很注重颜色的保持。但是如果作为科普展览展示用的植物标本，或者作为装饰用的植物标本在制作的过程中对于标本是否平整、美观，色彩保持如何就会有更多的讲究。

三、国内外主要植物标本馆简介

据不完全统计，目前世界上约有大小植物标本馆（室）2639个，共收藏标本近3亿份。这些标本的76%保存在15个国家内，其中美国占22.1%，法国占7.4%，苏联占6.6%，英国占5.7%，德国占5.6%，中国占3.7%。世界上馆藏100万份以上的标本馆有55个，其中500万份以上的标本馆有7个。这55个标本馆分布在22个国家，其中美国最多（有12个），其次是英国、瑞典、德国和苏联（各4个），再次是法国、瑞士、日本（各3个）。上述数据表明植物标本收藏数量与国家的发达程度呈正相关，不仅发达国家标本搜集起步早、搜集范围广，而且近年来增长速度也是最快的。如瑞典自然博物馆以每年16万份的速度增长；美国不仅大标本馆最多、占世界标本总数的比例最高，标本增大速度也最快，5年增加490万份，占同期世界增长量的27.7%。

（一）世界最大的10个标本馆

单位名称及国际代号	标本数	建立年代	备注
法国巴黎自然历史博物馆（P）	700万	1635	世界最大，有许多中国标本
英国邱植物园标本馆（K）	600万	1853	有Cunningham采的中国标本
俄罗斯科马洛夫植物研究所（LE）	577万	1823	有我国北部标本
美国纽约植物园标本馆（NY）	530万	1891	有Henry采的中国标本
英国伦敦大英博物馆（BM）	520万	1753	收藏一套珍贵的林奈标本
瑞士日内瓦植物园标本馆（G）	500万	1817	
美国哈佛大学植物标本馆（A）	486万	1872	有Wilson采的中国标本
美国国家标本馆（US）	436万	1868	
法国蒙波利埃植物研究所（MPU）	400万		
奥地利维也纳自然历史博物馆（W）	380万	1807	有Handel～Mazzetti的标本

（二）亚洲最大的5个植物标本馆

单位名称及国际代号	标本数	建立年代	备注
中国科学院植物研究所标本馆（PE）	180万		
印尼茂物植物园（BO）	160万		
日本东京大学植物园标本馆（TI）	145万		
印度加尔各答国家中心标本馆（CAL）	130万		
日本东京自然历史博物馆（TNS）	116万		

（三）中国最大的6个植物标本馆

单位名称及国际代号	标本数	建立年代	备注
中国科学院植物研究所标本馆（PE）	180万		
中国科学院昆明植物研究所 (KUN)	79万	1932	
中国科学院华南植物研究所 (IBSC)	70万	1928	
中国科学院江苏植物研究所 (NAS)	60万		
中国科学院西北植物研究所 (WUK)	52万	1936	
四川大学植物标本馆 (SZ)	45万	1933	

四、研究植物标本的目的意义

（1）通过学习不同类型植物标本的采集和制作，让学生学会植物标本采集、制作的具体操作过程，锻炼和培养学生的动手能力。

（2）通过采集和制作植物标本，增强学生对自然界生物益害的认识和了解，增强自觉保护生物多样性的观念。

（3）通过对校园植物的认识，让学生亲近自然，提高学生热爱自然、热爱生物、珍惜生命的理念。

第2节　精美植物标本欣赏

植物标本包含着一个物种的大量信息，诸如形态特征、地理分布、生态环境和物候期等，是植物分类和植物系研究不可缺少的科学依据，其采集与制作，在普通人眼里更多的是出于一种对自然与生命的感悟，出于一种博物学的传统和情结。像其他事物一样，标本本身也能带给人们美感，同时，通过制作和加工，在不同的欣赏者的眼里能够产生不一样的美。

枝叶茂盛（水杉）

含苞待放
（灌木对生复叶顶生花）

风姿绰约（草本类）

邂逅植物之美

花开富贵
（草本复叶单朵花）

本色不改
（草本单叶复花序）

多姿多彩（标本集）

翩翩起舞
（草本类）

红叶真情
（标本横幅制作）

花团锦簇（标本国画制作）

第3章 植物标本的采集

第1节 采集植物标本的过程及注意事项

一、活动准备

1. 标本采集的时间和地点

根据采集的目的和要求，确定采集的时间和地点。各种植物生长发育的时期有长有短，因此在不同的季节和不同的时间进行采集，才有可能得到各类不同时期的标本。采集前应先收集有关采集地的自然环境及社会状况等方面的资料，以便周密安排采集工作。

2. 标本采集必需的用品

标本采集必需用品主要有：标本夹（45cm×30cm方格板2块，配以绳带）、标本纸（吸水性强的草纸，折成略小于标本夹的3～5张一叠若干）、采集袋（塑料袋）、枝剪、掘根铲、绳子、号牌、标签、台纸、盖纸、镊子、铅笔。

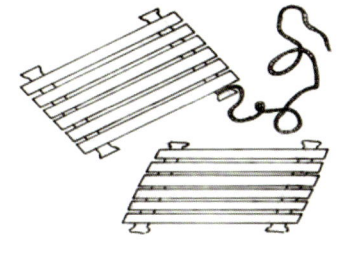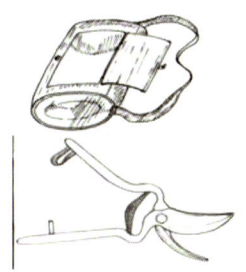

3. 采集标本的要求

应该采集什么样的标本，这是由采集的目的决定的，对于学习、研究用的标本，一般来说，采集时应注意下列几点：

（1）从同种众多单株中，应选择生长正常，无病虫害，具有该种典型特征的植株作为采集对象。保留花、果（裸子植物有球花、球果）及种子。乔木、灌木只能采取其植物体的一部分，剪取或挖取带花、果的枝条。

（2）小型草本植物采集全株；高大的草本植物，采下后可折成"V"或"N"字形，然后再压入标本夹内，也可选其形态上有代表性的部分剪成上、中、下三段，分别压在标本夹内。如发现基生叶和茎生叶

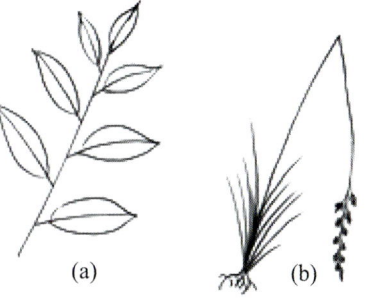

植物标本的形状
(a)"I"字形；(b)"V"字形；(c)"N"形

不同时，要注意采基生叶。

（3）我们见到一株植物需要采集时，首先要考虑需要哪一部分、哪一枝和要采多大最为理想，标本的尺度是以台纸的尺度（一般长42cm，宽29cm）为准，若植物体过小，而个体数又极稀少时，因种类奇特少见，即使标本小也要采。其次要考虑每种植物应采多少份，这要看植物种类的性质，视野外情况和需要数量来决定。一般至少采两份，对于我们来说，一份可作学习观察之用，另一份送交植物标本室保存，以便将来学习研究之用。同时，采集时可多采些花，以作室内解剖观察之用。在采集复份标本时，必须是采同种植物的，特别在采集草本植物复份标本时更要小心，否则不能当作复本。

（4）植物的花、果是目前种子植物在分类学上鉴定的依据，因此，采集时须选多花多果的枝来采，倘一枝上仅有一花或数花时，可多采同株植物上一些短的花果枝，经干制后置于纸袋内，附在标本上，如果是雌雄异株的植物，力求两者皆能采到，才能有利于鉴定。

（5）一份完整的标本，除有花果外，还需有营养体部分，故要选择生长发育好的，最好是无病虫害的，而且要有代表性的植物体部分作为标本。同时，标本上要具有2年生枝条，因为当年生枝尚未定型，变化较大，不易鉴别。

（6）对于木本植物，应采典型、有代表性特征、带花或果的枝条。对先花后叶的植物，应先采花，后采枝叶，应在同一植株上，雌雄异株或同株的，雌雄花应分别采取。一般应采2年生的枝条，因为2年生的枝条较一年生的枝条常常有许多不同的特征，同时还可见该树种的芽鳞有无和多少；如果是乔木或灌木，标本的先端不能剪去，以便区别于藤本类。对于草本及矮小灌木：要采取地下部分如根茎、匍匐枝、块茎、块根或根系等，以及开花或结果的全株。对于藤本植物，剪取中间一段，在剪取时应注意保留它的藤本性状。采集草本植物时，要采全株，而且要有地下部分的根茎和根。若有鳞茎、块茎的必须采到，这样才有助于鉴定该植物是多年生或一年生。

（7）每采好一种植物标本后，应立即牢固地挂上号牌。号牌是用硬纸做成，长3～5厘米，宽15～30厘米，有的号牌上还印有填写的项目。号牌必须用铅笔填写，其编号必须与采集记录表上的编号相同。

4. 采集步骤

按预定目标，选择符合要求的单株，依次完成下列步骤：

（1）初步修整。如去掉部分枝、叶，留下分枝及叶柄一部分。

（2）挂上标签，填上编号等（一律用铅笔，下同）。标准的采集签应包括采集号、采集时间（年/月/日）、采集者、采集地点。

（3）采集的标本暂放塑料采集袋中，待到一定量时，集中压于标本夹中。

（4）采集中应注意同株至少采两份，用相同的采集号标记。如有的植物需要开花结果后再采，应记下所选单株坐标方位，留以标记。同种不同地点的植物应另行编号。散落物（叶、种子、苞片等）装另备小纸袋中，并与所属枝条同号记载，影像记录与枝条所属单株同号记载。有些不便压在标本夹中的肉质叶、大型果、树皮等可另放，但要注意均应挂签，编号与枝相同。

（5）注意有毒性、易过敏种类，如蝎子草、漆树等应慎重。大戟科、毛茛科等都是比较有名的毒科。当然，在野外也不要乱尝试没吃过的植物。

（6）注意爱护资源，尤其是稀有种类。这个不用多说，破坏环境和资源可不好。

5.采集特殊植物注意事项

（1）棕榈类植物。棕榈类植物有大形的掌状叶和羽状复叶，可只采一部分（这一部分要恰好能容纳在台纸上），不过，必须把全株的高度、茎的粗度、叶的长度和宽度、裂片或小叶的数目、叶柄的长度等记在采集记录表上。叶柄上如有刺，也要取一小部分。棕榈类的花序也很大，不同种的花序着生的部位也不同，有生在顶端的，有生在叶腋的，有生在由叶基造成的叶鞘下面的。如果不能全部采制时，也必须详细地记下花序的长度、阔度和着生部位。

（2）水生有花植物。水生有花植物，有的种类有地下茎，有的种类叶柄和花柄随着水的深度增加而增长。因此，要采一段地下茎来观察叶柄和花柄着生的情况。另外，有的水生植物，茎叶非常纤细、脆弱，一露出水面枝叶就会粘连重叠，失去原来的形状，因此，最好成束地捞起来，用湿纸包好或装在布袋里带回来，放在盛有水的器具里，等它恢复原状后，用一张报纸，放在浮水的标本下面，把标本轻轻地托出水平，

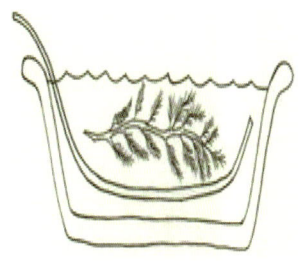

连纸一起用干纸夹好压起来，压上以后要勤换纸，直到把标本的水分吸干为止。

（3）寄生植物。高等植物中，有很多是寄生植物，如象列当、槲寄生、桑寄生等都寄生在其他植物体上，采集这类植物的时候，必须连同该植物及其所寄生的部分同时采下，并且把寄生的种类、形态和寄生的关系等记录下来。

（4）蕨类植物。采集生有孢子囊群的植株，连同根状茎一起采集。

（菟丝子）

 二、课后拓展

在野外采集时，要求每个同学必须记录。记录的方式有两种：一为日记，另一为填写已印好的表格。日记适用于观察记载，表格适用于采集记录。野外每采集一种植物标本时需填写一份采集记录表。野外记录举例如下：

中文名	五指毛桃	科名	桑科
学　名	Ficus microcarpa L.		
别　名	南芪、五指牛奶、土黄芪		
采集时间	2013年10月10日		

续上表

采集地	
生长环境	路边、山坡灌林
叶 片	（填写原来植物叶的颜色、气味等）
花	（填写原来植物花的原色、气味等）
果实	（原果实颜色、形态、是否具乳汁）
茎	茎的形态（棱形或圆形，匍匐或直立）有否节结等
根	轴根系或须根系、主根是否明显、有无侧根、气根等
采集人	制作人

植物标本室采集记录：

采集日期		采集日期	
产地		果实	
生境		附记	
习性		种名	
体高		科名	
叶		种学名	
花		采集者	

采集标本时参考以上采集记录的格式逐项填好后，必须立即用带有采集号的小标签挂在植物标本上，同时要注意检查采集记录上的采集号数与小标签上的号数是否相符。同一采集人的采集号要连续不重复，同种植物的复份标本要编同一号。这点很重要，如果其中发生错误，就失去标本的价值，甚至影响到标本鉴定工作。

同学们在填写采集记录表时，应注意下列几点：

（1）填写时要认真负责，填写的内容要求正确、精简扼要。

（2）记录表上的采集号必须与标本上悬挂的号牌的号码相同。

（3）填写植物的根、茎、叶、花、果时，应尽量填写一些在经过压制干燥后，易于失去的特征(如颜色、气味、肉质等)。

（4）将填写好的表格，按采集号的次序集中成册，不得遗失、污损。

第2节 植物标本野外采集技能

我们在野外寻找植物标本时，要了解它们所处的环境、形态特征及它们与环境之间的相互关系。

植物的种类有很多，全世界约有20多万种，它们生活在不同的环境中，就是同一环境，也生长着不同的植物，这些植物有它们的形态特征及繁殖方式，而且它们与环境之间有着密切的联系。

在野外，我们可以看出，植物随着季节的不同，生长发育的阶段是不同的。就是同一季节，各种植物生长发育阶段也不是完全相同的，可能有的植物正在开花，有的已经结果，而有的可能正以果实或种子埋没于土壤处于休眠状态。我们在春夏进行野外观察时，可见植物多在开花、结果，我们应多选择有花、果的植物进行解剖观察，才能掌握这种植物的特点。

一、活动准备

在野外观察一种植物时，可以从以下几方面入手：

（1）了解植物所处的环境。植物生长地的环境包括地形、坡度、坡向、光照、水湿状况、同生植物及动物的活动情况等。尽量做到观察全面细致。

（2）了解植物习性。野外观察时要看该种植物，是草本还是木本。如果是草本，是一年生，二年生还是多年生，是直立草本还是草质藤本；如果是木本，是乔木，还是灌木或半灌木，是常绿植物还是落叶植物。同时要注意它们是肉质植物还是非肉质植物，是陆生植物、水生植物，还是湿生植物，是自养植物，还是寄生或附生植物、腐生植物。同时还要注意看它是直立，或斜依，或平卧，或匍匐，或攀援，或缠绕。

（3）对于种子植物，要观察包括根、茎、叶、花、果实和种子六部分。我们在观察植物各部分时要养成始于根、结束于花果的良好习惯，应先用肉眼观察，然后再用放大镜帮助观察，要注意它们的形态、大小、质地、颜色、气味，其上有无附属物，折断后有无浆汁流出等，尽量做到观察全面细致。对于花，还要观察其花柄，通过花萼、花瓣和雄蕊，直到柱头的顶部，一步一步地从外向内进行观察。

从根、茎、叶、花、果实几方面观察时要注意哪些主要方面：

a.根：对根的观察要注意，是直根系还是须根系，是块根还是圆锥根，是气生根还是寄生根。

b.茎：对茎的观察要注意，是圆茎、方茎、三棱形茎还是多棱形茎，是实心还是空心，茎之节和节间明显否，是匍匐茎还是平卧茎、直立茎、攀援茎或缠绕茎，是否具根状茎，或块茎、鳞茎、球茎、肉质茎等。

c.叶：叶的观察要注意，是单叶还是复叶，是奇数羽状复叶、偶数羽状复叶、二回偶数羽状复叶，还是掌状复叶，是单身复叶还是掌状三小叶、羽状三小叶等。叶是对生、互生、轮生、簇生还是基生。叶脉是平行脉、网状脉、羽状脉、弧形脉还是三出脉。叶的形状怎样（如圆形、心形等），叶基的形状怎样，叶尖的形状怎样，叶缘、托叶怎样以及有无附属物等都要做全面观察。

d.花：花的观察，首先观察是单生还是组成花序，是什么花序。然后观察花，是两性花、单性花，还是杂性花，如果是单性花则要看雌雄同株还是异株。花被的观察看花萼与花瓣有无区别，是单被花还是双被花，是合瓣花还是离瓣花。雄蕊是由多少枚组成，排列怎样,合生否,与花瓣的排列是互生还是对生,有无附属物或退化雄蕊存在,是单体雄蕊、四强雄蕊、二强雄蕊、二体雄蕊,还是聚药雄蕊等都要观察清楚。对于雌蕊应观察心皮数目,合生还是离生,什么胎座、胚珠数、子房的形状,子房是上位还是下位、半下位。花柱、柱头等都要细致观察。

　　e.果实:果实的观察,主要是分清果实所属的类型,其次是大小,有无附属物,以及果实的形状。

　　(4)观察木本类型时,要注意树形(主要是决定树冠的形状)。由于树种不同,或同一树种由于年龄或所处的环境条件不同,树冠的形状也不相同,一般可分为圆锥形、圆柱形、卵圆形、阔卵形、圆球形、倒卵形、扁球形、伞形、茶杯形、不整齐形等。观察树形,能帮助我们识别树种。

　　树皮的颜色、厚度、平滑和开裂,开裂的深浅和形状等都是识别木本植物的特征。

　　树皮上的皮孔的形状、大小、颜色、数量及分布情况等,因树种不同亦有差异,可帮助我们识别树种。同时,还要注意观察木本植物枝条的髓部,了解有无髓、形状、颜色及质地等。

　　茎或枝上的叶痕形状,维管束痕(叶迹)的形状及数目,芽着生的位置或性质等,也是识别树种的依据。

　　(5)在观察草本植物时,要注意植物的地下部分,有些草本植物有地下茎,一般地下茎与地上茎在外表上不同,常与根混淆。在观察草本植物的地下部分时,要注意地下茎和根的特殊变化。

　　总的来说,在野外观察一种植物时,应从植物所处的环境到植物的个体,由个体的外部形态到内部结构,既要注意植物种的一般性、代表性,也要能处理个别的和特殊的特征。

二、探究活动

植物标本采集表

观察日期		观察日期	
地点		果实	
生境		附记	
习性		种名	
体高		科名	
叶		种学名	
花		采集者	

第4章 植物标本的制作

第1节 标本的压制和消毒

一、压制标本

采集好的标本要及时进行后期制作，才能得到精美实用的标本。下面我们先学习怎样进行标本的压制。

在野外将植物标本采集好后，如果方便，可就地进行压制，亦可带回室内压制；若将标本带回压制时，需注意不要使标本萎蔫卷缩（尤其是草本植物采集后不及时压制，时间稍长则如此），否则会增加压制时的麻烦，亦会影响标本的质量。

所采到的标本要及时压制起来。对一般植物，采用干压法，就是把标本夹的两块头板打开，用有绳的一块平放着做底，上面铺上四、五张吸水纸，放上一枝标本，盖上两、三张纸，再放上一枝标本（放标本时应注意：第一，要整齐平坦，不要把上、下两枝标本的顶端放在夹板的同一端。第二，每枝标本都要有一两片叶子背面朝上）。等排列到一定的高度后（30～50cm不等），上面多放几张纸，放上另一块不带绳子的夹板，压标本的人轻轻地跨坐在夹板的一端，用底板的绳子绑另一端，绑的时候要略加一些压力，同时跨坐的一端用同样大的压力顺势压下去，使两端高低一致，然后以手按着夹板来绑的一端，将身体移开，改用一脚踏着，用余下的绳子，将它绑好。

在压制中，标本的任何一部分都不要露出纸外，花果比较大的标本，压制的时候常常因为突起而造成空隙，使一部分叶子卷缩起来，所以，在压这种标本的时候，要用吸水纸折好把空隙填平，让全部枝叶受到同样的压力。新压的标本，经过半天到一天就要更换一次吸水纸，不然，标本会腐烂发霉，换下来的湿纸，必须晒干或烘干、烤干，预备下次换纸的时候用。

换纸的时候要特别注意把重压的枝条以及折叠着的叶和花等小心地张开、整好，如果发现枝叶过密，可以疏剪去一部分。有些叶、花、果脱落了，要把它装在纸袋里，保存起来，袋上写上原标本的号码。

标本压上以后，通常经过 8～9 天，就会完全干燥了，那时候，把一片叶子折起来就能折断，标本不再有初采时的新鲜颜色。针叶树标本在压制当中，针叶最容易脱落。为了防止这种现象发生，标本采来以后放在酒精或沸腾的开水里，或稀释过的热胶水里浸一会儿。

多肉的植物(如石蒜种、百合种、景天种、天南星科等)，标本不容易干燥，通常要一月以上，有的甚至在压制当中，还能继续生长。所以，标本采来以后，必须先用开水或药物处理一下，消灭它的生长能力，然后再压制，但花是万万不能放在沸水里浸的。

在压制一些肉质而多髓心的茎和肉质的地下块根、块茎、鳞茎及肉质而多汁的花果时，还可以将它们剖开，压其一部分，压的一部分必须具有代表性，同时要把它们的形状、颜色、大小、质地等详细地记录下来。

对于一些珍贵的植物及个别特殊植物，在采集时或压制处理前，除详细记录外，必要的时候可以摄影，以后可将照片与标本附在一起。

把标本压制干燥后，要按照号码顺序把它们整理好，用一张纸把一个号码的正副标本隔开，再用一张纸把这个号码的标本夹套成一包，然后在纸包表面右下角写上标本的号码。每 20 包(可视压制者的意见)依号捆成一包，这样就可以贮存或者运送了。

此过程也可以用废弃的字典等较厚的书籍压制少量标本。

定时更换吸水纸并整理标本

二、标本消毒

消毒药：一般使用 2‰～ 3‰的酒精溶液进行消毒。

方法：可用喷雾器直接往标本上喷消毒液，或将标本放在大盆里，用毛笔沾上消毒液，轻轻地在标本上涂刷，也可将消毒液倒在盆里，将标本放在消毒液里浸一浸。

其他方法：把标本放进消毒室或消毒箱内，将敌敌畏或四氯化碳、二硫化碳混合液置于玻皿内，利用毒气熏杀标本上的虫子或虫卵，约3天后即可。氯化汞有剧毒，消毒时要避免手直接接触标本，以防中毒。经消毒的标本，要放在标本夹中再压干，才能装上台纸。

三、探究活动

采集3～5个标本进行压制和消毒。

第2节　植物标本的后期制作

一、上台纸

将已压干的植物标本，经消毒处理以后，根据原来登记的号码把标本一枝枝地取出来，标本的背面要用毛笔薄薄地涂上一层乳白胶，然后贴在台纸上。台纸是由硬纸做的，一般长42cm，宽29cm。但也可以稍有出入。如果标本比台面大，可以修剪一下，但是顶部必须保留。每贴好十几份，就捆成一捆，选比较笨重的东西压上，让标本和台纸胶粘在一起，用重物压过以后，取出放在玻璃板或木板上，然后顺着

枝、叶的方向，用小刀在台纸上各切一小长口，把口切好后，用镊子夹一张小白纸插入小长口里，拉紧，涂胶，贴在台纸背面。每一枝标本，最少要贴5～6个小纸条，有时候遇到多花多叶的标本，需要贴30～40个，有的标本枝条很粗，或者果实比较大，不容易贴结实，可以用线缝在台纸上，缝的线在台纸背面要整齐地排列，不要重叠起来，而且最后的线头要拉紧，有些植物标本的叶、花及小果实等很容易脱落，要把脱落的叶、花、果实等装在牛皮纸袋内，并且把纸袋贴在标本台纸的左下角。

上台纸、贴标签：用白色台纸（8开白板纸或卡片纸，约39cm×27cm），平整地放在桌面上，然后把消毒好的标本放在台纸上，摆好位置。左上角都要留出贴野外记录签的位置。右下角要留出贴标签的位置。用白线从正、背面穿入拉紧使标本紧贴台纸。将脱落的花、果、种子等放在一个折叠的纸袋内，再把纸袋贴在台纸上，这样在观察时可随时打开纸袋观察。标本装订在台纸上，即为长期保存的腊叶标本。

标本装帧：有些珍稀标本，例如原始标本(模式标本)很难获得，应该在台纸上贴一张玻璃纸或透明纸，把标本保护好，防止磨损。

二、登记和编号

标本上了台纸后，要把已抄好的野外记录表贴在左上角，要注明标本的学名、科名、采集人、采集地点、采集日期等。

每一份标本都要编上号码。在野外记录本上、野外记录表上、卡片上、鉴定标签上的同一份标本的号码要相同。

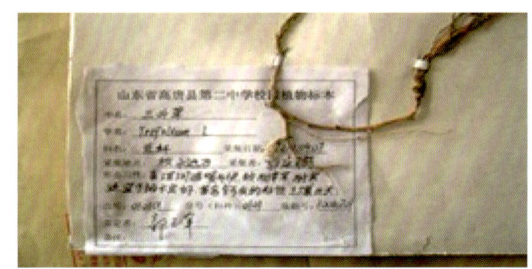

三、标本鉴定

根据标本、野外记录，认真查找工具书，核对标本的名称、分类地位等，如果已经鉴定好，就要填好鉴定标签并贴在台纸的右下角。按照《中国植物志》（各卷）完成初步分类鉴定，组织有关专家复核鉴定，确保准确无误。

植物图鉴与植物检索表一样，是鉴定植物所必需的工具书，它是运用简短文字和精细附图来鉴定植物的。它通常根据植物科、属的不同，按照一定的排列，列出植物的中文学名、土名、形态特征，并说明植物的生境、产地和用途等，其用法是：

（1）运用检索表查出科名后，就在图鉴前的分科目录中，查到某科所在的页数，有些图鉴前面没有分科目录，而是在书后附有科名、属名、中文学名等的汉字笔画表或拉丁文字母的索引。不管什么形式，总是可以查出科的所在页数。

（2）找到该科所在页数后，首先核对与被查植物的特征是否一致，如果符合，则证明植物确为该科，再在该科的种类中，细对图形和文字记述，如果所有特征都相符合，则证明鉴定无误，即得出种名。最好多查几本图鉴，以便彼此证实。出版较早的图鉴不及新近出版的图鉴准确。

（3）对尚未开花结果的植物，一般鉴定较难，且易出差错，应待有花果时再鉴定，此时较为可靠。

植物检索表和植物图鉴的种类很多，有全国性的，如《中国植物的科、属检索表》《中国高等植物图鉴》《中国植物志》；有地方性的，如一个省或一个市的；有木本或草本植物的等。在使用时应根据不同的需要，选择所需要的检索表和图鉴或植物志。最好是根据你要鉴定植物的产地来确定检索表和图鉴的范围。

第3节 标本的保存和使用

一、保存腊叶标本

保存植物标本很重要,在潮湿而昆虫多的地方应特别重视。贮藏标本的地方必须干燥通风。植物标本容易受虫害(啮虫、甲虫、蛾等幼虫)破坏,对于这类虫害,一般用药剂来防除。

在上台纸前,要用升汞酒精饱和溶液消毒。当然具体做法并不一样,有的人把标本浸在消毒液里,有的人是用喷雾器将消毒液往标本上喷,有的人用笔涂。用升汞消过毒的标本,台纸上要用氰酸钾消毒,使用这个方法的时候,要把标本室通到室外的放气管关紧,门窗的空隙也要用纸条封好,把标本柜的门打开,然后在盆里放上氰酸钾,盆上用铁架夹放一个分液漏斗,漏斗里盛稀硫酸。布置好以后,其余人退出,留一个人把漏斗的开关拧开,然后这个人也要立即离开,尽可能快地把门关紧上锁。经过24小时后,在室外打开放气管,向外放散毒气,等毒气散清了,再把门窗打开通风,24小时后人们才能到标本室内去工作。

标本柜:有铁制、木制标本柜,也有玻璃标本柜和密集柜等。一般多用两节四门的标本柜,柜分上下两节,每节的高约为80厘米、宽75厘米、深50厘米,每节分成两大格,每格再以活板隔成几格。在标本橱里放精萘粉:把精萘粉用软纸包成若干小包(每包100~150克),分别放在标本橱的每个格里,这个方法很简便,效果也很好。

排放:一般按分类系统排列,有恩格勒(Engel)系统和哈钦松系统等,按各科进行排列。每科编以一个固定的号,如蔷薇科67号、豆科69号、菊科173号、禾本科184号等,把编号、科名及科的拉丁名标识于标本柜门上,科内属级按拉丁文字母顺序编排。

入柜:凡经上台纸和装入纸袋的高等植物标本,经正式定名后,都应放进标本柜中保存。为了减少标本的磨损,入柜的标本最好放入用牛皮纸做成的封套,在封套的右上角写上属名,以便查阅。

日常管理:每格内可放樟脑防虫剂,以防虫蛀。此外,用空调机控制温度和湿度。

二、使用标本时应注意的事项

对标本尤其是原始标本一定要好好爱护,不能让它曲折。有些人看标本的时候顺次翻阅几份或者几十份标本,看完了就把所有的标本抱起整个地翻过来;有些人看完以后随

意乱放，这都很容易损坏标本，所以应加以注意。在使用标本的时候，顺着次序翻阅以后，要按照相反的次序，一份一份地翻回，同时，看完了的标本尤其是原来收藏在标本橱里的标本，必须立刻放回原处。

（1）阅览标本时，如果贴着的纸片脱落了，应该把它照旧贴好。

（2）在查对标本时，不要轻意翻阅注明"涂毒"等字样的标本，由于升汞水在空气中发散对人体是有害的，所以使用的时候要注意。

（3）往标本柜里放焦油脑、樟脑精、卫生球等驱虫的药品。

（4）用二硫化碳熏蒸，这种方法的杀虫效果很好，但是时间一长杀虫效力就消失，所以每次要熏两次才行。

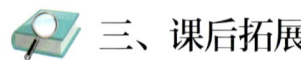

三、课后拓展

对前面做好的标本进行后期处理、保存和使用。每人拿出两个做好的标本精品跟大家分享。

第5章 植物标本制作的应用技术

第1节 叶贴画的制作

叶贴画主要是根据不同植物叶片的纹路与颜色，进行组合，拼接出图案，然后贴在背景画纸上制作的美术作品。叶贴画除了利用不同样式、不同颜色的叶片外，还利用植物的花朵、茎干、枝条等材料制作叶贴画。

一、制作材料

全世界共有植物40余万种，每一种植物都有它特定的形态和色彩，例如披针形、倒披针形、卵形、倒卵形、圆形、椭圆形、三角形等20多种叶形。有的叶缘还有多种变化，有锯齿形、波纹形、缺刻形；有的表面光滑，有的布满茸毛；有的坚挺，有的柔软。真是叶叶不相同，片片有变化。每种叶片都有它的特点和魅力，如果我们仔细观察和欣赏，就会为它的美丽形态和精细结构而赞叹。利用各种植物的枝叶可以制作出风格独特、形式新颖的叶贴艺术作品——叶贴画。叶贴画主要是利用植物的叶片，不过，植物的花朵、茎干、枝条中也有很合适的制作材料，特别是叶贴花鸟画，起连接植物叶片、花朵作用的枝条在画面上也非常重要，它相当于绘画作品中的线条。

二、制作过程

按照"采集—压干—构图—粘贴—压膜"的过程进行。

（1）树叶的采集。树叶采集要系列化，即每一种形状、颜色的树叶都能形成从小到大逐个渐进的序列。这样能保证制作时有充分选择的余地。同时也要收集一些花叶、花籽与梗等。

（2）树叶的脱水压干。将采集到的叶子、花瓣、花籽、梗摊平压制在容易吸水的厚书中，书上再压上重物。过一两天，将书中的叶片等压制物取出，再夹到另一本厚书压制，直到叶子完全变干为止。

（3）构思设计画面。有两种设计方法。其一，先定主题再选材。例如书本上的长颈鹿，在设计初稿时就要设想适合长颈鹿头、颈、身体等部位的树叶形状，然后寻找基本形合适的叶子。其二，根据自己收集到的树叶的形状特点定主题。例如银杏叶给人的感觉像驼峰，我们就可以设计制作骆驼的方案。再如《金鱼》中尾巴的创作是来源于枫叶的造型，用各色、各形的树叶加以适当剪裁，让树叶变成有生命的小动物。设计时，取一张合适的卡纸（绘画纸也可）把构思设计好的主题，用铅笔先画出草稿，布局应注意均衡、大小适中、画面合理。

（4）拼摆、粘贴叶画中的各个部件。选择与主题相应的树叶，如果是做叶贴画，有的还可以进行修剪加工。根据情况利用好树叶的背面及叶柄。拼摆好后，将胶水或双面胶粘贴在各个部件与卡纸接触的一面上，压平。粘贴时要注意应从画面远处粘起，先背面再前面，注意顺序。制作叶贴画，要尽可能地保留和利用植物枝叶原有的形态特征。必要时也可以对某些材料进行一定程度的剪切、拼接、重叠。

（5）将叶画做平整压模处理，以便保存。将做好的叶画弄平整，可以夹在报纸中，再进行一段时间的压制，等全部干透后定型，可以压模（像制作身份证那样），或者进行装裱处理。这样，我们的作品就可以长久保存了。

三、叶贴画范例

四、课后探究

请以四人小组进行叶贴画的制作，每个小组至少外出制作一个作品。

第2节　叶脉书签的制作

叶脉书签就是除去表皮和叶肉组织，而只由叶脉做成。书签上可以看到中间一条较粗壮的叶脉称主脉，在主脉上分出许多较小的分支称侧脉；侧脉上又分出更细小的分支称细脉。这样一分再分，最后把整个叶脉系统联成网状结构。把这种网状叶脉染成各种颜色，系上丝带，即做成漂亮的叶脉书签了。

一、制作原理

不少植物的叶、叶脉由坚韧的纤维素构成，在碱液中不易煮烂，而叶脉四周的叶肉在碱液中容易煮烂。

二、所需材料

①叶子。一般以常绿木本植物为好，如桂花叶、石楠叶、木瓜叶、桉枝叶、茶树叶、玉兰叶等。②氢氧化钠。③无水碳酸钠。④烧杯。⑤铁架台。⑥酒精灯。⑦毛质柔软的旧牙刷。⑧玻璃板（刷叶脉时垫）。

所选的用作书签的叶子要符合两大要求：①叶脉为网状脉。横向脉不可取，如银杏树叶、针形叶。②叶脉清晰、完整。

三、制作方法

（一）快速制作方法

（1）选择叶片。选择叶脉粗壮而密的树叶。在叶片充分成熟并开始老化的夏末或秋季选叶制作。

（2）用10%的氢氧化钠溶液煮叶片。在不锈钢锅或铁锅内将配好的碱液煮沸后放入洗净的叶子适量，煮沸，这时常用玻棒或镊子轻轻翻动，防止叶片叠压，使其均匀受热（应靠窗通风，因为煮叶片时有臭味）。

（3）煮沸5分钟左右，待叶子变黑后，捞取一片叶子，放入盛有清水的塑料盆中。小心翼翼地用清水洗净。（注意：该操作不要用手直接取放，防止氢氧化钠腐蚀手面。用镊子或夹子取放。）

（4）将叶片上残留的碱液漂洗干净后取出，把叶片平铺在一块玻璃上，用小试管刷或毛质柔软的旧牙刷轻轻顺着叶脉的方向刷掉叶片两面已烂的叶肉，一边刷一边用小流量的自来水冲洗，直到只留下叶脉。

（5）将叶脉放入双氧水中浸泡24小时，以达到漂白效果。

（6）刷净的叶脉片，漂洗后放在玻璃片上晾干。当晾到半干半湿状时涂上所需的各种染料，然后夹在旧书报纸中，吸干水分后即可成为叶脉书签使用。干燥后用红、蓝墨水或其他染色剂染成你所喜爱的颜色，再在叶柄上系一根彩色丝带，便制得一片叶脉清晰、色质艳丽、美观实用的叶脉书签。

（二）水泡法

如果没有上述药品或者工具，可采用最简单的水泡法。方法很简单，就是将树叶用水泡一周到两周的时间，使其自然腐烂，然后用废弃的牙刷顺着叶脉的方向刷干净腐烂的叶肉，即可制成精美的叶脉书签。如果想加快速度，可在水中加入一些碱性的洗浴用品（浸泡期间需保持适宜的温度，以便细菌繁殖。尽量避免炎热的天气）。将做好的叶脉书签染上颜色，再拿到相馆过塑，使书签变得更加精美耐用，更适合赠给亲人或朋友，礼虽小但也极招人喜爱。

四、其他说明

（1）树叶宜选用白杨树、桂花树、玉兰树等质地较柔韧的叶片。在洗刷时必须极仔细小心，切忌急于求成，否则叶脉易刷坏。

（2）使用氢氧化钠时应注意安全，不可用手拿。

五、叶脉书签范例

六、课后探究

请以四人小组进行叶脉书签的制作，每个小组至少外出制作四个作品。

第3节　树叶拓印画的制作

一、所需材料

调色板、水彩颜料、叶子数片、笔刷。

二、制作步骤

第一步：采集各种形状的树叶，并清洗干净。
第二步：设计你要制作的作品。

第三步：把你喜欢的颜料挤在调色板上，用笔刷粘上水调均匀。

第四步：用笔刷将调匀的颜料均匀地涂在叶子的反面（有叶脉的一面）。

第五步：在废纸上试印，一般第一次印颜料会较多，没有纹理和质感，所以第二、第三次再正式拓印会有非常好看的效果。

三、课后探究

请以四人小组进行叶脉书签的制作，每个小组至少外出制作四个作品。

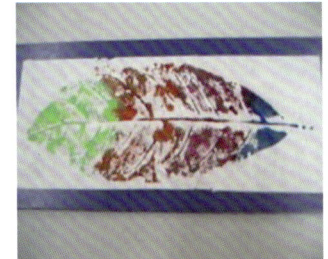

第 2 篇
植物之美

校园植物的观赏特性主要表现在形态、色彩、芳香、质地等方面，以个体美或群体美的形式构成校园美景的主体，给人以现实直接美感。主要包括形态美（树冠形、枝干形、叶形、花果芽苞形）、色彩美（叶色、干枝色、花色、果实芽苞色）、动态美（演变、感应、引致）、芳香美、意境美等。

形、色、香是观赏树木的生物学属性，这些属性在时间和空间的坐标系上位移，则产生了动态美，人们在观赏它们时所产生的联想，便产生了意境美。

第6章　植物之美美在其形

树是校园植物的重要组成部分。下面以树为例来探究植物的形态美。树形一般指树冠的类型，由干、茎、枝、叶所组成，对树形起着决定性作用。不同树形是该树种的遗传特性和生长环境条件影响的结果，随不同的生长发育阶段而改变。一般所说的树形是指在正常的生长环境下，成年树木整体形态的外部轮廓。一般除自然生长的形态外，还有人工修剪的树形。

第1节　树冠形

一、树冠的具体类型

（1）塔形。尖塔形有将人的视线或情景从地面导向高处或天空的作用。这类树形的顶端优势明显，主干生长旺盛，树冠剖面基本以树干为中心，左右对称，整个形体从底部向上逐渐收缩，整体树形呈金字塔形，如雪松、水杉、冲天柏等。

水杉

雪松　　　　　雪松

（2）圆柱形。圆柱形树冠构成以垂直线为主，给人以雄健、庄严与安稳的感觉。顶端优势仍然明显，主干生长旺盛，但树冠基部与顶部均不展开，树冠上、下部直径相差不大，树冠紧抱，冠长远超过冠径，整圆柱形树体与纪念碑搭配，营造雄健、庄严、安稳之感。

(a)

(b)

杜松

（3）细窄形。树体形态细窄而长，如杜松、钻天杨等。

（4）圆球形。包括球形、卵圆形、圆头形、扁球形、半球形等。这类树木的树形构成以弧线为主，给人以优美、圆润、柔和、生动的感受，如樟、石楠、榕树、加杨、球柏、千头柏等。

（5）棕榈形。这类树形除具有南国热带风光情调外，还能给人以挺拔、秀丽、活泼的感受，也可孤植观赏，更宜在草坪、林中空地散植，创造疏林草地景色。

（6）垂枝形。外形多种多样，基本特征为具有明显悬垂或下弯的细长枝条，如垂柳、垂枝槐、垂枝榆、垂枝梅、垂枝桃、垂枝山毛榉等。由于枝条细长下垂，并随风拂动，常形成柔和、飘逸、优雅的观赏特色，能与水体产生很好的协调。

（7）披散形。包括常见的匍匐形、偃卧形、拱枝形等。为低矮灌木，枝条接近地面水平状向四周伸展，冠径大大超过植株高度，姿态潇洒、自由。树形构成要素以水平线为主，引导视线沿水平方向移动，容易使空间产生一种宽阔感和外延感。

（8）雕琢形。为模仿人物、动物、建筑及其他物体形态，人们对树木进行人工修剪、蟠扎、雕琢而形成的各种复杂的几何形体，如门框、树屏、绿柱、绿塔、绿亭、熊猫、孔雀等。雕琢形由多种线条组合而成，其观赏情趣具有雕琢物体自身的特性与意味。

（9）风致形。指露地生长的树木，因长期受自然力，特别是风的作用，而形成的具有观赏价值的特殊形体。它包括迎客形、旗形、苍虬形、露根形、悬崖形等。

（10）藤蔓形。依生长形态与使用方式，可大致分为攀援与悬垂两种类型。树形主要取决于支撑物体的形状。

二、课后拓展

对校园内各种树的形态进行观察并填写下表。

序号	形态	树种	序号	形态	树种

第2节　枝干形状

一、树枝形状的基本类型

（1）直立形。树干挺直，表现出雄健的特色。大多数的乔木，如椰子、水杉等。

（2）偃卧形。树干沿着近乎水平的方向伸展，由于在自然界中这一形式往往存在于悬崖峭壁或水体的岸畔，故有悬崖式与临水式之称，都具有奇突与惊险的意味。如迎客松。

偃卧形（黄山迎客松）

（3）并丛形。两条以上树干从基部或接近基部处平行向上伸展，有丛茂的情调，如门球场旁的枫杨。

（4）连理枝。由两株或两株以上树木的主干顶端互相愈合而形成。这在热带地区不足为奇，但在北方则须由人工嫁接而成。在同一树上两条枝梢局部愈合的称作"交柯"，连理、交柯在我国的习俗上被认为是吉祥的（在天愿做比翼鸟，在地愿为连理枝）。

（5）盘结形。由人工将树木的枝、干、根、蔓等加以屈曲与盘结而成，是热带树木的露根、板根、垂枝和蜷枝等特点的极度强调，如结香。

（6）屈曲形。是树枝的自然屈曲状态，在落叶后更为清晰显露，这类树木可以称为"赏枝式"，如龙桑、龙枣、盘龙枣等。

二、课后探究

对校园内各种树的枝干形态进行观察，并填写下表。

序号	形态	树种	序号	形态	树种

第3节 叶 形

一、叶形的分类

叶形变化万千，各具特色，难以逐一描述。我们按照树叶的大小和形态，将叶形划分为以下三大类。

（1）小型叶类。叶片狭窄，细小或细长，叶片长度大大超过宽度。包括常见的鳞形、针形、凿形、钻形、条形以及披针形等，具有细碎、紧实、坚硬、强劲等视觉特征。如雪松等松柏类。

水 杉

合 欢

（2）中型叶类。叶片宽阔，大小介于小型叶与大型叶类之间，形状多种多样，有圆形、卵形、椭圆形、心脏形、肾形、三角形、菱形、扇形、掌状形、马褂形、匙形等类别，多数阔叶树属此类型，给人以丰富、圆润、素朴、适度等感觉。

（3）大型叶类。叶片巨大，但整个树上叶片数量不多。大型叶树的种类不多，其中又以具有大中型羽状或掌状开裂叶片的树木为多，如苏铁科、棕榈科的许多树种以及泡桐等。它们多原产于热带湿润气候地区，有秀丽、洒脱、清疏的观赏特征。

（a）　　　　　　　　　　　　　　（b）

王莲

二、课后拓展

对校园内各种植物的叶片形态进行观察并填写下表。

序号	形态	植物名称	序号	形态	植物名称

第4节　花果芽苞形

一、花果芽苞分类

果实和芽苞所起的效应，基本上同花一样。花形结合花色，在视觉上才更为显著，单就花的形状，可以分为5类：

（1）细散花。花朵或花序的形体很小而不显著，形的效应微弱，作为景物，略有丰富其内容的作用，如珍珠梅等。

（2）瑶团花。花朵聚集成簇成球，形体较大，并起到丰富景物的效果，引人注目，如大绣球等。

（3）大朵花。花朵的形体较大，欣赏价值较高。这类花往往具有雍荣华贵的情调，如牡丹、广玉兰等。

（4）繁锦花。花开满树，盛极一时，繁华昌盛的感觉与季节的效果特别强，如栾树、七叶树等。

细散花　　　　　瑶团花　　　　　大朵花　　　　　繁锦花

（5）垂序花。花序下垂，能随风而动，有飘逸、潇洒之感，如紫藤等。

 二、课后拓展

对校园内各种植物的花果芽苞形态进行观察，并填写下表。

垂序花

序号	形态	植物名称	序号	形态	植物名称

第5节　果实的形状

一、果实形状分类

果实形状的观赏特性体现在"奇、巨、丰"三个方面。

"奇"指形状奇异，特别有趣，如铜钱树、象耳豆、腊肠树、紫珠、五角槭等。

"巨"指单体果形较大，如柚、木菠萝、椰子、木瓜等。

"丰"就全树而言，无论单果还是果序均应有一定的丰盛数量，果虽小，但数量多或果序大，以量取胜，可收到引人注目的效果，如花楸、接骨木、佛头花等。

二、课后拓展

对校园内各种植物的果实形态进行观察并填写下表。

序号	形态	植物名称	序号	形态	植物名称

第6节 树皮、刺毛等的观赏特性

树木的枝条、树皮、树干以及刺毛的颜色、类型都具有一定的观赏性，尤其在落叶后，枝干的颜色更为醒目，那些枝条具有美丽色彩的园林树木特称为观枝树种，如红瑞木、红茎木、杏等。枝干的质地有光滑与粗糙之分，幼树的枝干多显得平滑，老年的枝干变得更粗糙。一些树干的开裂与树皮剥落的形态，同样有较显著的美学意义，如白皮松、悬铃木、榔榆等，树干常块状剥落，色深浅相间，显得光坦润滑，斑驳可爱，惹人注目；而刺槐、板栗等，树皮沟状深裂，有如健美运动员的臂膀，刚劲有力，给人以强健的感受；蓝桉树干呈扭曲旋转状，恰似粗壮的绳索；龙爪柳、龙爪槐等，枝干曲折伸展，均具一定的观赏价值。虽然枝干不是树木主要的观赏器官，但其变化也是十分多样的，在观赏上，仍有利用的价值。

一、树皮、刺毛的种类

树皮的开裂方式不同也具有一定的观赏价值，下面介绍几种：

（1）光滑树皮。表面平滑无开裂，多数幼年期树皮均无开裂，也有老年树皮不裂的，如梧桐、桉树等。

（2）横纹树皮。表面呈浅而细的横纹，如山桃、桃、白桦。

青桐（梧桐）

（3）片裂树皮。表面呈不规则的片状剥落，斑驳状，如白皮松、悬铃木。

（4）丝裂树皮。表面呈纵而薄的丝状脱落，如青年期的柏类。

（5）纵列树皮。表面呈不规则的纵条状或近于人字状的浅裂，多数树种均属该类。

（6）纵沟树皮。表面纵裂较深，呈纵条或近于人字状的深沟，如老年期的核桃、板栗等。

（7）长方块裂纹树皮。表面呈长方形裂纹，如柿树、黄连木等。

（8）疣突树皮。表面具不规则的疣突，如木棉表面具刺，还有山皂荚、刺楸等。

二、课后拓展

对校园内各种植物的树皮、刺毛进行观察并填写下表。

序号	形态	植物名称	序号	形态	植物名称

第7节　观赏树木的体量和质地

一、体量

在一定程度上，体量影响并决定着树木的观赏效果，并与树木的其他观赏性状，特别是形状密切相关。离开了体量的配合，形状难以表现出确定的观赏效果。显然，在风景园林中，树木的体量对空间的分割、构图、组景等都十分重要。

树木的高矮、大小常因种类不同而差异甚大，并随年龄增加而演变。从观赏的角度，依树木在能充分发挥效益的成年时的体量大小，将主要树木大致划分为以下两大类。

（1）乔木型。树体巨大。在树下近观时，人与树木大小间的对比十分悬殊，很难欣赏到树木形体的全貌，欣赏的重点将是叶、花的颜色与明暗变化以及树干的质地和色泽，会给人以巨大、宏伟乃至崇敬、慑服的感受；而远距离观赏的重点则是树木的外形轮廓，形成气势壮观的场面。由于乔木型树木如银杏、雪松、油松、白皮松、杨树、榕树等许多乔木树种，高度的感染力很强，远观近赏各有奇趣，因此，它们既可孤植，独树成景，又可群植，气势浑宏。

（2）灌木型。树体矮小，多作近距离观赏，可以清楚地观察到树木的完整形体与色彩。例如，对于高度为1～3米的树木，因与人身体量的尺度接近，容易使人获得亲切感，即使在较近距离内，也能欣赏到树木的整体；高度1米以下的灌木，多为俯视观赏，在近距离情况下，无论是形状、色彩或质地均是清晰动人的。因此，与乔木型相比，灌木型更具有良好的协调、柔和环境的功效，至于它们能给人的感受，则主要取决于树形以及树种之间的不同组合。例如，外形圆整的灌木，容易表达出生动、柔美的情调；多种花灌木大量群植或散点植时，则可形成五彩缤纷、绚丽灿烂、野趣横生的气氛。

二、质地

质地是指观赏树木树体整体的疏松与紧密、粗糙与光滑程度。质地在一定程度上决定着观赏树木的外貌，给人以不同的质感体验，有特殊的观赏价值。在风景园林中，可以利用不同树种的质地差异，形成视距幻觉，创造特定的观赏情趣和气氛。树木的质地主要受叶片的大小、数量及排列方式、分枝方式、枝条长短与数量、生长季节以及观赏视距等诸因素影响，情况较复杂。根据树体结构的松紧程度，可将树木的质地大致分为以下三种类型。

（1）稀疏型。这类树木枝干粗壮，基本无细小枝条，分枝距离远，角度大，节间长，叶片较大，而叶片相对数量不多，枝、叶稀疏，如梧桐、刺桐、喜树、泡桐、悬铃木、玉兰、紫薇、刺槐及许多棕榈型树木。稀疏型具有豪放、粗犷、泼辣的特色，极易引起人们的注意。园林中，它能产生使景物趋向观赏者的动态感，进而造成观赏者与树木间的可视距离短于实际距离的幻觉，有助于开敞大空间的"收缩"。

（2）疏松型。树木的叶片大小与数量、枝条粗细与长短等均较为适度，树形有较明显的轮廓，质感受叶色的影响较大。应用上，可以充当稀疏型与紧密型树木间的过渡，它种类繁多，如黄葛树、七叶树、化香、杨树、栎类、枫杨、凤凰木、重阳木等。

（3）紧密型。树木枝、叶细小，数量众多，着生密集，分布均匀，排列较规整，树体轮廓明显，透光性差，外观光滑，如柳杉、圆柏、樟、桂、山茶、榕树、龙柏、塔柏、罗汉松、丛生竹类及许多绿篱树木。紧密型树木给人以结实、厚重、文雅的感受，其应用特性与稀疏型树木相反。

二、课后拓展

对校园内各种植物的体量和质地进行观察并填写下表。

序号	体量	植物名称	序号	体量	植物名称

第7章 植物之美美在其色

有人认为，校园植物对校园美的贡献，主要是向人们呈现出视觉的美感。让人眼最敏感的东西是色彩，其次才是形体和线条等。因此，从美学的角度，植物的色彩在校园里应是第一位的，为风景植物景观内容的重要组成部分，给人的视觉观感尤其显著。

植物色彩的作用是多方面的，它可以使人镇静或激动，使人感到温暖或凉爽，进而影响到人的情绪变化以及对环境的反应。如在我国，红色、黄色常是热烈、喜庆的象征，而蓝色、灰色、白色等又给人以素雅、柔和、清静之感。在校园植物设计中，色彩还是现在联系过去与将来的桥梁，使校园四季有景，时时有变化。根据特定需要，色彩的正确应用也可以产生使校园景物体量与空间尺度增大或减小的视觉效果，突出景物美感，增强景观层次变化。

尽管种类众多的观赏植物绚丽多彩、万紫千红，但观赏植物色彩的基本色调仍然为红、橙、黄、绿、青、蓝、紫所组成，其他色彩均是在此基础上的组合变化。由于色彩具有冷、暖性质的区别，因而，在北方寒冷的冬季和早春，校园中可充分利用暖色调系统，如红、橙、黄等观赏植物的配置；而在南方炎热的盛夏时节，宜加强冷色调系统，如绿、蓝、紫、白等观赏树木的应用，以增添凉爽的效果。

第1节 叶 色

许多校园植物色彩的类型和格调主要取决于叶色。因为叶色与花色、果色相比，群体效果显著，在一年中呈现的时间长，能起到突出植物形态的作用，观赏价值高。叶色被认为是校园植物色彩的创造者。

叶色变化多端，五彩缤纷，其根本原因在于，叶片内含有的叶绿素、叶黄素、类胡萝卜素、花青素等色素，因受外界条件的影响和树种遗传特性的制约，相对含量处于动态平衡之中，由此导致了叶色的变化。同时，叶色在很大程度上还受树木叶片对光线吸收与反射差异的影响。如许多常绿树木的叶片，在阳光下可显现出特有的绿色效果，而一些冬青属植物，则可呈现出银色或金属色。

一、植物叶色的分类

从观赏角度，植物叶色可分为以下几类：

（一）基本叶色

植物的基本叶色为绿色，这是植物长期自然进化选择的结果。由于受树种及受光度的影响，树叶的绿色又有墨绿、深绿、油绿、黄绿、亮绿、蓝绿、褐绿、黑绿、茶绿等复杂差异，且会随季节而变化。古诗中"微绿""轻黄""才黄""浅黄""鹅黄"，意即春初草木之新绿。从大类上看，各类树木树叶绿色由深至浅的顺序，大致为常绿针叶树、常绿阔叶树、落叶树。由于常绿针叶树叶片吸收的光大于折射出来的光，使叶色多呈暗绿色，显得朴实、端庄、厚重，但若在一个场所过多地使用常绿针叶树，容易使人产生悲哀、阴森之感。常绿阔叶树叶片反光能力较常绿针叶树强，叶色以浅绿色为主。至于落叶树种，多叶片扁薄，透光性强，叶绿素含量较少，叶色多呈黄绿色，不少种类在落叶前还变为黄褐色或黄色、金黄色而表现出明快、活泼的视觉特征。

（1）深浓绿色叶的树种，如油松、红松、雪松、云杉、青杆、侧柏、山茶、女贞、桂花、榕树、槐、毛白杨、榆树等。

（2）浅淡绿色叶的树种，如水杉、落叶松、金钱松、七叶树、鹅掌楸、玉兰、芭蕉、旱柳等。

（二）特殊叶色

特殊叶色指树木除绿色外而呈现的其他叶色。特殊叶色增加了校园景观的丰富性，给观赏者以新奇感。根据变化情况，特殊叶色又可分为以下几种类型。

（1）常色叶类。有些树的变种或变型，其叶常见为异色，而不必待秋季来临，特称为常色叶树。以红、紫色（如红枫、红檵木、红叶李、紫叶桃、紫叶小檗等）和黄色（如金叶雪松、洒金柏等）两类色为主。

红叶李

洒金柏

（2）双色叶类。指同一叶片上有两种以上不同的色彩，如胡颓子、红背桂、银白杨等，其叶片的背腹两面颜色显著不同，在微风中形成特殊的闪烁变化的效果。

银白杨

红背桂

（3）斑色叶类。如金心大叶黄杨、变叶木、金心龙血树、洒金桃叶珊瑚、洒金东瀛珊瑚等，在绿色叶片上有黄色的斑点或条纹。常色叶类树木所出现的特殊叶色，受树种遗传特性支配，不会因环境条件的影响或时间推移而改变。

变叶木

洒金桃叶珊瑚

（三）季节叶色

季节叶色指树木的叶片在绿色的基础上，随着季节的变化而出现的有显著差异的特殊颜色。季节叶色多出现在春、秋两季。

1. 春色叶类及新叶有色类

对春季新发的嫩叶有显著不同叶色的，统称为春色叶类，如红臭椿、五角枫的春叶呈红色，黄连木春叶呈紫红色等；还有一类，不论季节，只要发生新叶，就具色彩，宛若开花的效果，统称为新叶有色类，如铁力木等。

春色叶类（红臭椿）

新叶有色类（铁力木）

2. 秋色叶类

凡在秋季叶子能显著变化的树种，均称为秋色叶类。

（1）秋叶呈红色或紫红色，如鸡爪槭、五角枫、糖槭、枫香、五叶地锦、小檗、漆树、盐肤木、黄连木、黄栌、花楸、乌桕、石楠、卫矛、山楂等。

邂逅植物之美

秋叶红（鸡爪槭）

秋叶黄（银杏）

（2）秋叶呈黄色或黄褐色，如银杏、白桦、紫椴、无患子、悬铃木、蒙古栎、金钱松、落叶松、白蜡、水杉、栾树等。

树木的季节叶色除主要为红、黄色外，在红、黄色之间，还存在许多过渡色类。季节叶色开始出现的时间及其持续期长短，既因树种而异，也与气候条件，尤其是与温度变化有关。

二、课后探究

对校园内各种植物的叶色进行观察并填写下表。

序号	叶色	植物名称	序号	叶色	植物名称

第2节 枝干色

一、枝干色分类

枝干为构造树体的骨架，掩盖在树叶丛中，只有当叶片掉落后，其色彩才能表现出较明显的观赏效果。褐色或灰褐色为枝干的普通颜色，并不太引人注意，但一些特殊的颜色，如红色、绿色、黄色、灰色、斑驳色彩等，则会引发人们极大的观赏兴趣。具有这些特殊颜色的枝干的树木，若配合冬季雪景，能使园林的内容显得更丰富，效果尤其显著。

（1）呈暗紫色者，如紫竹等。
（2）呈红褐色者，如赤松、山桃、杉木等。
（3）呈黄色者，如金竹、黄桦等。
（4）呈红色者，如红瑞木、赤枫、山桃等。
（5）呈绿色者，如梧桐、竹类。
（6）呈白色者，如白皮松、毛白杨、柠檬桉、白桦、悬铃木等。
（7）呈斑驳色彩者，如黄金嵌碧玉竹、木瓜、榔榆等。
（8）呈灰色、褐色者，一般树种常是此色。

对校园内各种植物的枝干色进行观察并填写下表。

序号	枝干色	植物名称	序号	枝干色	植物名称

第3节 花 色

花色主要指花冠或花被，有些种类，如珙桐、叶子花、一品红等为苞片的颜色。我国花木种类众多，花色极为丰富，使园林增辉添彩。

一、基本花色

花色产生于花青素与花黄素，并与光线有密切关系。在众多的花色中，白、黄、红为花色的三大主色，具这三种颜色的种类最多，也是植物长期自然选择的结果。因为白色、黄色和红色最易引诱昆虫，特别是白色，即使在黑夜微弱的光线下也很容易引起昆虫的注意，帮助授粉，有利植物繁衍后代。自然界花色为黑色者很少，这是由于黑色吸收光波能力强，易引起升温而灼伤柔嫩的花朵。

几种基本花色的树种如下：

（1）白色系花，如茉莉、白丁香、白牡丹、白茶花、溲疏、山梅花、女贞、玉兰、白兰花、栀子花、梨、白玫瑰、白杜鹃、刺槐、绣线菊等。

（2）黄色花系（黄、浅黄、金黄），如迎春、连翘、云南黄馨、金钟花、黄刺玫、黄蔷薇、棣棠、黄牡丹、金丝桃、蜡梅、金雀花、黄花夹竹桃、小檗、金花茶、栾树、鹅掌楸等。

（3）红色花系（红色、粉色、水粉），如海棠花、桃、杏、梅、樱花、蔷薇、玫瑰、月月红、贴梗海棠、石榴、红牡丹、山茶、杜鹃、锦带花、夹竹桃、合欢、柳叶绣线菊、凤凰木、紫薇等。

广玉兰　　　　茉莉

蜡梅

贴梗海棠　　　　凤凰木　　　　紫藤

（4）蓝色花系，如紫藤、紫丁香、木兰、泡桐、八仙花、蓝血花等。

二、课后探究

对校园内各种植物的花色进行观察并填写下表。

序号	花色	植物名称	序号	花色	植物名称

第4节 果实芽苞色

植物果色丰富,变化多端,常见果色为红色者如栒子属、火棘、冬青、枸骨、南天竹、日本珊瑚等,黄色者如金柑、枳柑、柚、银杏、木瓜、沙棘等,黑色者如女贞、刺楸、五加、君迁子等。在观赏上,果色以红紫为贵,黄色次之。

由于自然界里许多植物的果实,都是在草木枯萎、花凋叶落、景色单调的秋冬季成熟,此时,果实累累,满挂枝头,能给人以丰盛、美满的感受,为园林景观增色添彩。

一、一些常见的果实颜色

(1) 果实呈红色,如桃叶珊瑚、小檗类、平枝栒子、山楂、冬青、枸杞、火棘、花楸、樱桃、郁李、欧李、麦李、枸骨、金银木、南天竹、珊瑚树、紫金牛、柿、橘等。

(2) 果实呈黄色,如银杏、杏、瓶兰、柚、佛手、金柑、枸橘、木瓜、梨、贴梗海棠、沙棘、南蛇藤等。

(3) 果实呈蓝紫色,如紫珠、葡萄、十大功劳、李、蓝果忍冬、桂花、白檀等。

(4) 果实呈黑色,如小叶女贞、小蜡、刺楸、女贞、五加、毛梾、鼠李、君迁子、金银花、黑果忍冬等。

(5) 果实呈白色,如红瑞木、芫花、雪果、湖北花楸等。

石榴

十大功劳

二、课后探究

对校园内各种植物的果实颜色进行观察并填写下表。

序号	果实的颜色	植物名称	序号	果实的颜色	植物名称

第8章　植物之美美在其韵

韵美统称为风韵美、内容美或象征美，即植物具有的一种比较抽象却是极富于思想感情的美。最为人们所熟知被称为"岁寒三友"的松、竹、梅，代表着坚贞、气节和理想，象征着高尚的品质。植物美，因受环境条件等的影响而有差异；但对不同的人，由于欣赏者自身兴趣爱好、年龄、职业、文化程度、性别等的差异，对美也有不同的看法，从而使植物的美十分复杂，但明确以下几点有助于更全面掌握植物的风韵美。

1. 观赏植物美的自然特性

从一定程度上讲，作为地球上一种自然现象的生命，其本身就是一种美，植物的美是以自然美为特征的。自从有人类以来，植物一直与人类共存，在漫长的历史岁月中，植物为了生存和繁衍，始终不断地与自然作斗争，形成了自己特有的自然个性。植物美的物质基础是植物的自然性状，它是自然历史作用的产物，因此，不论是植物的个体美与群体美，或是色彩美与形态美等，它们都具有自然的特性，不能由人随意创造。事实上，园林中也没有一种人工景物能与植物的自然美异曲同工。这就要求在实践中，必须根据生物科学的基本理论，以植物的健康生长为基础，才能充分发挥植物自然美的特性，任何忽视科学性的做法，都会在艺术性与经济方面造成损失。

植物历来都是人们最亲密的伙伴，它是我们了解自然的窗户，正因为园林绿地中存在植物，才很好地满足了人们对自然的渴望与需求。很难想象，人们在完全没有植物，特别是没有树木的环境里，能感受到自然的气息，这也许是人们不愿接受用塑料树来代替有生命树木的重要原因之一。由此看来，应用植物造景应是当今园林发展的一个方向。

2. 观赏植物美的时空变化特性

植物为有生命的有机体，因受环境条件的影响，随着年龄和季节的变化，各种美的表现形式均会不断地丰富和发展，在时空上处于动态变化之中。例如，早春树木新叶展露，繁花竞放，使人感到欢快，夏季群树葱茏，洒下片片绿荫；秋季果实累累，霜叶绚丽，芳香四溢，生机盎然；冬则枝干裸露，白雪挂枝，银装素裹，阴影婆娑。就生长环境而论，植物在不同的环境条件下也会表现出不同的风貌。如生长在山体裸石、危崖陡壁的松树，多悬根露爪，枝干屈曲，苍劲古朴；而平原沃土的青松，则树姿高耸、挺拔，亭亭如华盖，气势昂然，具青松万古不倒之气魄。因此，应该以生长变化的观点去正确认识、发掘植物的美，并要有长远的预见性，才有助真正全面、完整地把握植物的美。作为一个优秀的风景园林设计师，其成功的作品也必须经受住时空的检验。

3. 植物美的延伸特性

植物的美，除可通过人体器官直接感受外，还能通过人的思维器官，将得之于感观获得的美，加以比拟、联想，而使植物的美得到进一步扩展、延伸，形成植物的风韵美或抽象美。比拟联想,可以丰富植物美的内涵,使其形式美升华为内在的理性认识美。这种美比形式美更广阔、深刻、持久,可以超越时空,增添无穷的情感。例如,水杉、池杉、雪松等外形壮观的树木,会使人想到深深的密林;柳树则使人联想到水体;树木的萌芽、花香、果熟、落叶等现象,引发对美好大自然的向往,或能引起人们对光阴易逝、岁月无情的感慨。

植物作为强大生命力的象征,由于受历史、文化以及生活习俗等的影响,不同民族对其还常形成了带一定思想、感情色彩的看法。如在欧洲的不少神话传说中,把植物描绘成人类的保护神、圣树、宇宙之树、生命之树、命运之树,每个神几乎配以相应的神树;在圣诞节,因有圣诞树而显得五彩缤纷、喜气洋洋。在我国诗词歌赋中,文人墨客也常将植物人格化,对不同植物赋予了特定的含意和象征,如牡丹,富丽堂皇,国色天香,是祖国欣欣向荣的象征;梅、松、竹、月季、紫荆等,象征我国各族人民的大团结。自古至今,以植物来命名的园林景物、景点也不乏其例,如洪椿坪、桂湖公园、嘉实亭、翠玲珑、竹径通幽、梧竹幽居、海棠春坞、柳浪闻莺等。在国外,甚至有些家庭也以树命名。

总之,植物美的延伸,能体现传统,形成地方及民族风格,有关这方面的内容十分丰富。实践中,要注意植物美内涵延伸的多样性与复杂性,去除糟粕,取其健康有益部分。关键在于用得巧妙、得体,应根据特定环境,突出主体,体现时代精神。

第1节 关于植物的成语

花开花落,似水流年。自然界的植物五彩缤纷,人们的情感世界更是丰富多彩。自然界的景致牵动着人们的情感,人们又将自己的情感赋予花草树木,谱写出许多名篇佳作。在我国古代文学中,有许多描写植物或借植物抒发情怀的诗句。

1. 移花接木

成语"移花接木"源自生物学上植物无性繁殖方法之一的"嫁接"。即选取某一植株上的枝或芽,接于另一植株的适当部位,使两者接合成新植株。在嫁接技术中,被接上去的枝叫"接穗",芽叫"接芽",与接穗或接芽相接的植株叫"砧木"。

嫁接,就是"移花接木",这句成语常被人们用来比喻暗中使用手段改变内容。

2. 一叶知秋

成语"一叶知秋"是由唐朝诗句"一叶落知天下秋"缩写而成的。意思是说,从一片树叶的落下,就可以知道秋天的到来。比喻从事物的某些细微迹象中,可以推测事物的发展趋势。古籍《淮南子·说山》中也有"以小明大,是一叶落而知岁之将暮"的句子。每当秋风萧瑟、枝叶摇曳的时候,有些树的叶子就纷纷脱落,这种自然现象就叫落叶。

一、探究过程

（1）秋天树叶为什么会变黄或变红呢？

（2）秋天为什么会落叶呢？

（3）读了以上两篇短文，除了明白成语的意思，你还学到了什么科普知识呢？

二、课后拓展

你还知道哪些关于植物的成语呢？

关于植物的成语

关于"花"的成语	意思	关于"草"的成语	意思	关于树木的成语	意思

第2节　关于植物的童谣

一、关于树木的童谣

树

树是一座吹不倒的凉亭，同学们累了，就会跑到他那里休息，他从未嫌弃过谁。

树和台风

有一棵树，长得高高的，没有叶子，光秃秃的，就像没穿衣服一样。原来是台风把他的衣服刮跑了。

大榕树

咦！怎么长这么多的胡子，而且特别长，大概是要和外公比比看。

枫叶

枫叶醉了，脸变红霞。秋霜一染，红似桃花。

仙人掌

住在没有水的沙漠里，只好伸出很多的手向四方说："给我水。"

二、探究过程

学习部分关于植物的儿歌：
（1）《落叶》
（2）《一棵树》
（3）《小松树》
让学生交流植物儿歌后面的故事。

三、课后拓展

我也会创作。
校园植物童谣：_____

第3节　古诗词里的花草

一、关于古诗词中的花草

自古以来，大自然中的花草树木就是文人墨客笔下的最爱！有多少诗词歌赋都是在赞美着这些可爱的植物！从各个季节最有特点的花草，特别是能表现人类美好情操的梅兰竹菊等，涌现出了许多经典的诗句。

桃　花

红入桃花嫩，青归柳叶新。

——【唐】杜甫《奉酬李都督表丈早春作》

洛阳城东桃李花，飞来飞去落谁家。

——【唐】宋之问《有所思》

竹外桃花三两枝，春江水暖鸭先知。

——【宋】苏轼《惠崇春江晚景》

桃花香，李花香。浅白深红，一一斗新妆。

——【宋】秦观《江城子》

梅　花

墙角数枝梅，凌寒独自开。遥知不是雪，为有暗香来。

——【宋】王安石《梅花》

一朵忽先变，百花皆后香。欲传春信息，不怕雪埋藏。

——【宋】陈亮《梅花》

我家洗砚池头树，点点花开淡墨痕。不要人夸颜色好，只留清气满乾坤。

——【元】王冕《墨梅》

众芳摇落独暄妍，占尽风情向小园。疏影横斜水清浅，暗香浮动月黄昏。

——【宋】林逋《山园小梅》

驿外断桥边，寂寞开无主。已是黄昏独自愁，更著风和雨。无意苦争春，一任群芳妒。零落成泥碾作尘，只有香如故。

——【宋】陆游《卜算子·咏梅》

菊　花

荷尽已无擎雨盖，菊残犹有傲霜枝。一年好景君须记，正是橙黄橘绿时。

——【宋】苏轼《赠刘景文》

秋丛绕舍似陶家，遍绕篱边日渐斜。不是花中偏爱菊，此花开尽更无花。

——【唐】元稹《菊花》

待到秋来九月八，我花开后百花杀。冲天香阵透长安，满城尽带黄金甲。

——【唐】黄巢《不第后赋菊》

芳　草

离离原上草，一岁一枯荣。野火烧不尽，春风吹又生。

——【唐】白居易《赋得古原草送别》

池塘生春草，园柳变鸣禽。

——【南朝宋】谢灵运《登池上楼》

几处早莺争暖树，谁家新燕啄春泥。乱花渐欲迷人眼，浅草才能没马蹄。

——【唐】白居易《钱塘湖春行》

天街小雨润如酥，草色遥看近却无。最是一年春好处，绝胜烟柳满皇都。

——【唐】韩愈《早春》

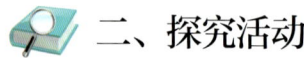二、探究活动

桃　花

春天里的桃花，争奇斗艳，竞相开放。陶渊明写有经典文章《桃花源记》，其中描写桃花的句子，"忽逢桃花林，夹岸数百步，中无杂树，芳草鲜美，落英缤纷。"其实，人们对桃花的喜爱远不只如此，我们一起来欣赏上面描写桃花的诗句。

梅　花

梅花，自古以来受到人们的喜爱，因为它是在严寒中最先开放的，然后才引出烂漫百花竞相开放。因此梅花傲雪、坚强、不屈不挠的品格，受到众多文人、诗人、画家甚至音乐家们的敬仰与赞颂。其实，人们对梅花的喜爱远不只如此，我们一起来欣赏上面描写梅的诗句。

菊　花

人们常以"傲霜怒放"来形容菊花，可见人们对菊花也充满了崇敬。我国古代神话

传说中,菊花被赋予了吉祥、长寿的含义。以菊花为题材的佳作比比皆是。其实,人们对菊花的喜爱远不只如此,我们一起来欣赏上面描写菊花的诗句。

芳　草

春绿秋黄,荣长枯谢,这自然界的小草寄寓了人类多少情感和生命呢?

三、课后拓展

(1)以自己喜欢的花草为主题,查找几首小诗做成小报与同学交流,还要做好解说诗词的准备哦。

(2)找出有关花草的诗词,并注明作者的出处。

第4节　古诗词里的树木

一、关于古诗词的树木

走进自然界中,到处可见的是各种树木。不同的树木不同的姿态,有的婀娜,有的挺拔,有的娇小可爱;在不同的季节里,树木的色彩是不一样的:常青的松树,火红的枫叶,金黄色的银杏树……但是,对于文人而言,树木的吸引力不仅仅如此!读一读这些经典的诗句吧!

柳　树

碧玉妆成一树高,万条垂下绿丝绦。不知细叶谁裁出,二月春风似剪刀。

——【唐】贺知章《咏柳》

渭城朝雨浥轻尘,客舍青青柳色新。劝君更尽一杯酒,西出阳关无故人。

——【唐】王维《渭城曲》

杨柳青青著地垂,杨花漫漫搅天飞。柳条折尽花飞尽,借问行人归不归。

——【隋】无名氏《送别》

昔我往矣,杨柳依依;今我来思,雨雪霏霏。

——《诗经·小雅·采薇》

枫　树

远上寒山石径斜,白云生处有人家。停车坐爱枫林晚,霜叶红于二月花。

——【唐】杜牧《山行》

月落乌啼霜满天,江枫渔火对愁眠。姑苏城外寒山寺,夜半钟声到客船。

——【唐】张继《枫桥夜泊》

夕阳虽好近黄昏,白日依山,莫若晨曦出海;秋气从来多肃煞,丹枫如画,何如红芍飘香。

——岳麓山爱晚亭

松　树

岁寒，然后知松柏之后凋也。

——《论语·子罕》

咬定青山不放松，立根原在破岩中。千磨万击还坚劲，任尔东西南北风。

——【清】郑燮《竹石》

白金换得青松树，君既先栽我不栽。幸有西风易凭仗，夜深偷送好声来。

——【唐】白居易《松树》

自小刺头深草里，而今渐觉出蓬蒿。时人不识凌云木，直待凌云始道高。

——【唐】杜荀鹤《小松》

二、探究活动

欣赏上面描写树木的诗句。

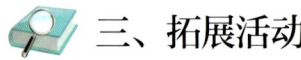

三、拓展活动

（1）以自己喜欢的植物为主题，查找几首小诗做成小报与同学交流，还要做好解说诗词的准备哦。

（2）找出有关兰花和竹子的诗词，并注明作者的出处。

第 5 节　关于植物的谜语

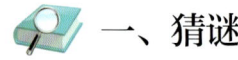

一、猜谜

乔灌木类

（1）皮肉粗糙手拿针，悬岩绝壁扎下根，一年四季永常青，昂首挺立斗风云。（　　）

（2）一种植物生得巧，不是豆类也结角，果实制药可止血，白花可做黄染料。（　　）

（3）爱在河边湖畔住，辫儿长长轻又柔，春风吹来绿一片，花如雪飞当空舞。（　　）

（4）软体宝宝，里外俱黄，样子甜甜，内在坚强。（　　）

（5）号称木中王，树干冲天长，叶儿尖似针，造屋好做梁。（　　）

（6）树大如伞叶层层，一生可活几千年，人人爱它做橱箱，香气扑鼻质量坚。（　　）

（7）三角花朵红橙紫，小心底下还有刺。（　　）

（8）小小花朵本领高，能把香味几里飘，吴刚用它酿好酒，八月时节它最先。（　　）

藤本类

（1）牵藤藤，上篱笆，藤藤开花像喇叭，红喇叭，白喇叭，太阳出来美如画。（　　）

（2）小小吸盘贴墙走，往上攀登不回头；春来翠叶盖如屏，秋来红叶盖西楼。（　　）

草本类

（1）小时能吃味道鲜，老时能用有人砍，虽说不是钢和铁，浑身骨节压不弯。（　　）

（2）说它是棵草，为何有知觉，轻轻一碰它，害羞低下头。（　　）

（3）花中君子艳而香，空谷佳人美名扬，风姿脱俗堪钦佩，纵使无人也自芳。（　　）

二、探究活动

儿童谜语就是用最浅显的拟人、比喻、夸张或暗示等形象化手法拐弯抹角地描绘出事物或物体的外表、形体、性质、色彩、出处、用途等各方面的突出特征，请根据谜面所提供的条件、线索等参考元素，通过联想、推理、判断来猜中谜底。

三、课后拓展

（1）春天到了，春暖花开，万物复苏，你能举办一个猜谜会吗？请搜集有关植物的谜语，大家一起猜一猜。

我知道上面两个谜语谜底分别是 _____ 和 _____。

我说个植物谜语请你猜猜：_____。谜底：_____。

（2）编写3个有关植物的谜语，请同学猜猜看。

第6节　向上的生命

一、生命之树

鲜花的千娇百媚，绿叶的郁郁繁盛，树木的顽强挺拔，这是我们生活中最常见也最易忽略的生命，它们或在你惊喜的赞叹之中，或在你不屑的目光之下，无论美丽、丑陋、繁盛、衰败，它们都在你所不知的时候努力向上，以坚强的力量维护生命的尊严。

爬山虎的脚

学校操场北边墙上满是爬山虎。我家也有爬山虎，从小院的西墙爬上去，在房顶上占了一大片地方。

爬山虎刚长出来的叶子是嫩红的，不几天叶子长大，就变成嫩绿的。爬山虎的嫩叶不大引人注意，引人注意的是长大了的叶子。那些叶子绿得那么新鲜，看着非常舒服，叶尖一顺儿朝下，在墙上铺得那么均匀，没有重叠起来的，也不留一点儿空隙。一阵风拂过，一墙的叶子就漾起波纹，好看得很。

以前我只知道这种植物叫爬山虎，可不知道它怎么能爬。这次我注意了，原来爬山虎是有脚的。爬山虎的脚长在茎上。茎上长叶柄的地方，反面伸出枝状的六七根细丝，每根细丝像蜗牛的触角。细丝跟新叶子一样，也是嫩红的。这就是爬山虎的脚。

爬山虎的脚触着墙的时候，六七根细丝的头上就变成小圆片，巴住墙。细丝原先是直的，现在弯曲了，把爬山虎的嫩茎拉一把，使它紧贴在墙上。爬山虎就是这样一脚一脚地往上爬。如果你仔细观察那些细小的脚，会想起图画上蛟龙的爪子。

爬山虎的脚要是没触着墙，没几天就萎了，后来连痕迹也没有了。触着墙的，细丝和小圆片逐渐变成灰色。不要瞧不起那些灰色的脚，那些脚巴在墙上相当牢固，要是你的手指不费一点儿劲，休想拉下爬山虎的一根茎。

白　杨

那是力争上游的一种树，笔直的干，笔直的枝。它的干呢，通常是丈把高，像是加以人工似的，一丈以内，绝无旁枝；它所有的丫枝呢，一律向上，而且紧紧靠拢，也像是加以人工似的，成为一束，绝无横斜逸出；它宽大的叶子也是片片向上，几乎没有斜生的，更不用说倒垂了；它的皮，光滑而有银色的晕圈，微微泛出淡青色。这是虽在北方的风雪的压迫下却保持着倔强挺立的一种树！哪怕只有碗口粗细罢，它却努力向上发展，高到丈许，两丈，参天耸立，不折不挠，对抗着西北风。

这就是白杨树，西北极普通的一种树，然而绝不是平凡的树！

（茅盾《白杨礼赞》）

百草园里的草和虫

不必说碧绿的菜畦，光滑的石井栏，高大的皂荚树，紫红的桑椹；也不必说鸣蝉在树叶里长吟，肥胖的黄蜂伏在菜花上，轻捷的叫天子（云雀）忽然从草间直窜向云霄里去了。单是周围的短短的泥墙根一带，就有无限趣味。油蛉在这里低唱，蟋蟀们在这里弹琴。翻开断砖来，有时会遇见蜈蚣；还有斑蝥，倘若用手指按住它的脊梁，便会啪的一声，从后窍喷出一阵烟雾。何首乌藤和木莲藤缠绕着，木莲有莲房一般的果实，何首乌有臃肿的根。有人说，何首乌根是有像人形的，吃了便可以成仙，我于是常常拔它起来，牵连不断地拔起来，也曾因此弄坏了泥墙，却从来没有见过有一块根像人样。如果不怕刺，还可以摘到覆盆子，像小珊瑚珠攒成的小球，又酸又甜，色味都比桑椹要好得远。

（鲁迅《从百草园到三味书屋》）

竹　叶

雨雾在翠绿的竹叶上聚凝成珠，清亮晶莹，如翠如玉，积得重了，缓缓地向下滑落，悬在叶尖，光亮如电。微风轻吹，水珠儿轻轻晃动，倏地向下坠去，在翠绿的竹林子里划出了一小道亮丽的细线，直没入土。这水珠刚坠落，叶子上又聚起了新的水珠儿，给本就清翠的竹叶抹上了一道更加清新的亮色。在这清亮水珠的映衬下，竹叶如仙子出浴，娇润圆柔，令人心生爱怜。又如贵妃醉酒，娇态毕现，惹人无限遐思。这时节，在细雨中步入竹林，轻抚竹枝，将那一棵棵水珠接入手中，映着翠绿的竹影，捧着的，就是如幻如梦的翠玉了。

（老弦《竹韵》）

二、探究活动

欣赏上面的文章。

三、课后拓展

选择自己喜欢的植物练习写一段话，或摘抄一段关于植物的话。

_____
_____
_____
_____
_____
_____

第7节　关于植物的童话

一、植物童话

《向日葵和石头》

严文井

种子成熟了，落到土里，以后又发芽、生长，这件事本来很自然，很合理。没想到有一粒种子却因此触犯了一块石头。

那是一块古老的石头，据说它最爱安静，它的行动十分稳健。多少年来，不论世界上发生了多大的变化，它都能沉住气，保持一个一动也不动的姿态。不用说，它认为自己很有见解，也很有涵养。因此它打算著书立说。它的计划当中有一部哲学，据说里面包括这样一些伟大而深刻的专题，比方：论不变动是宇宙的规律，论黑暗的永恒性和美，论石头对存在的决定性，论安静与平静之为幸福，等等。有一天，当它正在思考哲学计划的时候，忽然有一粒种子，未经它的许可，大模大样地闯进它的世界来了，而且从此留下不走。这使得它大为恼火。不仅它的安宁受到了扰乱，而且，最糟糕的是，它的哲

学体系被破坏了。

石头决心改变这种局面。可是这很不容易。它既不能完全否认种子的存在，又没有力量把种子驱逐出去。它想来想去，最后想到了一个办法。它决心在自己的哲学里添上这么一章，题目叫作：论种子的丑陋及其对宇宙安宁的破坏，很快必将自行毁灭，等等。

"等着瞧吧！"有涵养的石头自言自语说，"就算你也是一种存在，可是你生出来没几天，个儿小，又不结实，看你还能活几天！"

种子当然没有理会这些。它不但继续留下来，而且越来越不安分。它居然还呼吸，居然还唱歌。它喜欢唱一些关于生长和发展的歌。歌里面老是什么温暖啦，春天啦，这一类的话，乐观得很，自信得很。

有涵养的石头变得非常激动："等着瞧吧！马上就会刮风的。"

于是素来欢喜安静的石头居然一心盼望起刮风来了，它认为刮风会冻坏柔弱的种子，而它认为自己是既不怕冷也不怕热的。

风倒是刮起来了，而且是一阵风接一阵风。先是冷风，后是热风。或者说，是冷风带来了热风，寒冷带来了温暖，冬天带来了春天。终于，春天在风声里出现了。

不安分的种子不但没有被冻死，反而发了芽，生了根。它的根从石头下面穿过去，它的芽从石头旁边挤出来、露出了地面。

"先别得意，等着瞧吧！"石头还是不服输。

于是石头又盼望下雨。虽然，严格说来，它不怎么喜欢这一类事情，可是它认为雨水会淹死种子，而它自己好像是既不怕潮湿又不怕干燥的。

不久，真的下雨了。电闪雷鸣，地动山摇。这种景象使得那盼望下雨的石头也不禁战栗起来。可是，嫩芽不但不畏惧反而快乐地迎接雨水，旺盛地生长起来。接连几场大雨以后，嫩芽变成了一棵完美的向日葵。

"等着瞧吧！"不服输的石头还是这样一句话。

它想：也许小向日葵不能长大。也许，它再长高，就支持不住自己的重量，会突然倒下来的。

小向日葵并不因这些诅咒而停止生长。它的根一天天往深处扎，它的茎一天天变得更粗壮更结实，它的叶子一天天长得更茂盛。终于有一天，小向日葵变成了大向日葵，开了一朵很大很大的金黄色的花。花向着太阳，不知疲倦地随着太阳转，以后结了许多种子。接着，新的种子又开始了新的成熟，准备落到新的土壤里去，长出新的向日葵来。

至于那块伤心的石头呢，它的哲学著作当然永远不会完成了，但它的结局倒不完全是悲剧的。它在冷和热不断交战，在潮湿和干燥不断更替，在植物根不断穿透以后，终于破裂了，变成了植物的养料。

假如我是花

假如我是一朵素雅的康乃馨，我会把自己朴素真挚的心送给母亲。年幼时，我偎依在母亲温暖的怀抱中，听着那美丽神奇的故事，静静地入睡。母亲温暖的怀抱是我成长的摇篮。我长大上学后，母亲更忙碌了，每天起早贪黑地忙家务，晚上，母亲还利用休息时间帮我辅导功课。冷冷的房中，总是有一双亲切的大手时时温暖我的心田。母亲不正像那素雅的康乃馨吗？

树叶旅行记

一阵风袭来，将小树叶吹上了天。小树叶从来没有遇见过这么大的风，于是，它去问风婆婆。风婆婆说："以前有许多大树挡着我，我吹不起这么大的风。可现在，人类把大树砍光了，我便所向披靡、天下无敌了。

风停了，小树叶在往下飘。突然，它被燕子姐姐接住了。小树叶又奇怪了：现在是春天，燕子姐姐怎么急急忙忙地往南飞啊？

燕子姐姐回答道："我不是在迁徙，而是在逃难。"

"这是怎么回事？"小树叶更疑惑了。"以前，有大树在，还可以净化空气，吸收一些噪音；现在，大树被砍光了，噪音无法无天，空气混浊不堪。我们的家园被毁了，不逃难，难道留下等死吗？其实人类也是自作自受啊！"

"你瞧那边——"在燕子的指点下，小树叶看见洪水魔王正无情地淹没着村庄。"这是报应啊！"小树叶说。

没有根的小树

"要是没有根多好呀！"小树叹了口气，自言自语，"我就可以像小灰兔和小松鼠那样，自由自在地玩啦！"

小树背后站着妈妈。它听到了小树的话，就说："孩子，你别再胡思乱想啦。"

"不！"小树撒娇地摇着身子说，"我就是要像小灰兔、小松鼠那样，我可不要根！"

小树天天这样想着，想着，睡着了。梦中忽然觉得自己身子一摇一晃地离开了地面。它没有根了，它高兴地跳呀、跑呀，一会儿和小灰兔赛跑，一会儿又和小松鼠比跳高。小树玩得热起来了，它觉得渴了，想要喝水。它走到溪边，准备痛痛快快地喝个够，可是，它眼看那清清的溪水，却没办法喝。小树是用根喝水的呀！根没有了，怎么能喝水呢？这可怎么办呀！小树越来越觉得干渴，难受得哭起来啦。

二、探究活动

阅读童话并学习仿写。

三、课后拓展

当风吹过，小草招手，树叶点头……也许植物只是不会移动，说不定它们也有思想呢，不然树与树、树与鸟之间怎么交流呢？发挥你的想象力，写一篇关于植物的童话。

第 3 篇
校园植物之多

第9章 校园植物调查

第1节 校园植物的调查

校园是一个人群集中的地方,"绿色"校园是每一位师生生活的重要组成部分,是学生的第二家园,它对于营造良好的学习氛围起着重要作用。安静、优美的校园环境可以为师生提供课外休息活动的场所,置身于清新和谐的绿色校园内,不仅可以让师生观赏到各种植物景观,呼吸新鲜空气,消除大脑疲劳,而且更让学生感受到美的熏陶,对学生的身心健康、优秀品质的塑造起着潜移默化的作用。同时,绿色植物,维系着生态平衡,使万物充满生机,它的作用是多方面的。

(1)美化环境。运用树木花草不同的形状、颜色、用途和风格,配置出一年四季色彩丰富,乔木、灌木、花卉、草皮层层叠叠的绿地,镶嵌在城市建筑群中。它不仅使学校披上绿装,而且其瑰丽的色彩伴以芬芳的花香,点缀在绿树成荫、葱郁葱茏中,更能起到画龙点睛、锦上添花的作用,为师生的工作、学习、生活创造优美、清新、舒适的环境。

(2)净化空气。绿色植物对净化空气有独特的作用,它能吸滞烟灰和粉尘,能吸收有害气体,吸收二氧化碳并放出氧气。据测定:1公顷阔叶林在生长季节每天产生750公斤氧气,吸收1000公斤的二氧化碳。如果以成年人每日呼吸需要0.75公斤氧气、排出0.9公斤二氧化碳计算,则每人有10平方米的树林面积,就可以消耗掉每人因呼吸排出的二氧化碳,供给所需要的氧气。

据上海地区对一些常见的绿化植物进行了吸硫测定,发现臭椿和夹竹桃不仅抗二氧化硫能力强,并且吸收二氧化硫的能力也很强。臭椿在二氧化硫污染情况下,叶中含硫量可达正常含硫量的29.8倍,夹竹桃可达8倍。其他如珊瑚树、紫薇、石榴、广玉兰、棕榈、银杏、桧柏、粗榧等也对二氧化硫有较强的抵抗能力,刺槐、女贞、泡桐、梧桐、大叶黄杨等树木的抗氟能力比较强。另外,木槿、合欢、杨树、紫荆、紫藤等对氯气、氯化氢有很强的吸附性;紫薇可吸收汞;大多数植物都能吸收臭氧,其中银杏、柳杉、樟树、海桐、青冈栎、女贞、夹竹桃、刺槐、悬铃木、连翘等净化臭氧的作用较大。树木还能吸收氨、铅及其他有害气体等,故有"有害气体净化场"的美称。

(3)调节气候。树木能提高空气的相对湿度,为师生的生活创造凉爽、舒适的气候环境。树木也能调节气温,这是由于树木可以减少阳光对地面的直射,能消耗许多热量用以蒸腾从根部吸收来的水分和制造养分,为人们创造了防暑降温的良好环境。据测定,夏季绿地的气温要比城市中的路面、广场等建筑区的温度低10℃左右。七、八月份柏油路面的温度高达40℃,而草地的温度只有22～24℃,林地中的温度更低,一般情况下,公园中的空气湿度,要比城市其他地方高27%。

(4)减弱噪声。茂密的树木能吸收和隔挡噪声。据测定,40米宽的林带,可以降低噪声10～15分贝;公园中成片的树林可以降低噪声26～43分贝;绿化的街道比不绿化的街道可降低噪声8～10分贝。在森林中声音传播距离小,是由于树木对声波有散射的作用,声波通过时,枝叶摆动,使声波减弱而逐渐消失。同时,树叶表面的气孔和粗糙的毛,就像电影院里的多孔纤维吸音板一样,能把噪声吸收掉。

下面是校园植物种类的调查方案。

一、调查目的

(1)了解学校绿化的情况,辨认校园植物并对各种植物从形态、特征、习性、生长繁殖等方面进行详细调查和记录。

(2)了解校园植物对人类及环境的影响,合理栽培植物,达到改善和美化校园环境的作用。

二、调查工具

调查表、记录本、笔、小铁铲、采集桶、挂牌、果剪、塑料袋、数码相机、电脑(可联网)。

三、调查范围及内容

(1)范围:校园。

(2)内容:以班级为集体,以小组为基本单位,合作探究。将学生分组,选定一名组长,由组长带领到校园进行调查,观察校园内各绿化区植物种类,并拍摄花、果的照片,采集并制作植物标本,最后整理调查结果,写出调查报告。

调查人		班级		组别	
调查地点		调查时间		天气情况	
生物名称		数量		生活环境	

第2节 校园植物中的中草药

在校园的各个角落里长着许多不知名的小草，但它们可能具有神奇的药用价值。从上古神农氏开始就有用草药治病的传说，可以说我们这个具有5000年历史的泱泱文明古国，有值得大书特书的中草药辉煌历史！或许你们也听过神医华佗、孙思邈、张仲景、李时珍等如雷贯耳的名字，听说过《本草纲目》《神农百草经》等古典医著吧！来吧！让我们一起来研究这些不起眼的小草。

金银花

金银花又名忍冬，半常绿藤本；幼枝洁红褐色，密被黄褐色，开展的硬直糙毛、腺毛和短柔毛，下部常无毛。叶纸质，卵形或矩圆状卵形，有时卵状披针形、稀圆卵形或倒卵形，极少有1至数个钝缺刻，长3～9.5厘米，顶端尖或渐尖，少有钝、圆或微凹缺，基部圆或近心形，有糙缘毛，上面深绿色，下面淡绿色，小枝上部叶通常两面均密被短糙毛，下部叶常平滑无毛且下面多少带青灰色；叶柄长4～8毫米，密被短柔毛。总花梗通常单生于小枝上部叶腋，与叶柄等长或稍短，下方者则长达2～4厘米，密被短柔，并夹杂腺毛；苞片大，叶状，卵形至椭圆形，长达2～3厘米，两面均有短柔毛或有时近无毛；小苞片顶端圆形或截形，长约1毫米，为萼筒的1/2～4/5，有短糙毛和腺毛；萼筒长约2毫米，无毛，萼齿卵状三角形或长三角形，顶端尖而有长毛，外面和边缘都有密毛；花冠白色，有时基部向阳面呈微红，后变黄色，长2～6厘米，唇形，筒稍长于唇瓣，很少近等长，外被多少倒生的开展或半开展糙毛和长腺毛，上唇裂片顶端钝形，下唇带状而反曲；雄蕊和花柱均高出花冠。果实圆形，直径6～7毫米，熟时蓝黑色，有光泽；种子卵圆形或椭圆形，褐色，长约3毫米，中部有一凸起的脊，两侧有浅的横沟纹。花期4～6月（秋季亦常开花），果熟期10～11月。

一、探究活动

（一）金银花神奇的作用

我们一起看看《本草纲目》中是怎么记载的：

释名	金银藤、鸳鸯藤、鹭鸶藤、老翁须、左缠藤、金钗股、通灵草、蜜桶藤、金银花
气味	甘、温、无毒
主治	1.痔瘘。用忍冬全草（或根、茎、花、叶皆可）不拘多少，泡酒中，煨一夜，取出晒干，加甘草少许，共研为末，用泡药的酒调面和药糊成丸子，如梧子大。每服五十至百丸，开水或酒送下。此方名"忍冬丸"。 2.一切肿毒（不问已溃未溃，或是初起发热）。用忍冬的花及茎叶，取自然汁半碗煎至八成服下。同时用药渣敷患处。 3.疔疮便毒，喉痹乳蛾。治方同上。

67

续上表

4. 恶疮不愈。用忍冬藤一把，捣烂，加雄黄五分，水 2 升，放入瓦罐中煎熬，纸封数重，穿一孔，令气出。以疮对孔热熏，待疮大出黄水，再用生肌药，病即愈。
5. 热毒血痢。用忍冬藤煎浓饮服。
6. 身上发青。用金银花一两，煎水服。
7. 脚气（筋骨引痛）。用忍冬为末。每服二钱，热酒调下。
8. 中野菌毒。急采忍冬藤煎服。

（二）生活中如何饮用金银花茶

金银花具有很高的药用价值，在生活中也可以作为日常饮品。金银花茶泡饮方法，以能维护香气不致无效散失和显示茶胚特质美为原则。对于冲泡茶胚特别细嫩的金银花茶，如茉莉毛蜂、茉莉银毫、茉莉东风茶一类特高级名茶，因茶胚本身具有艺术欣赏价值，宜用透明玻璃茶杯，冲泡时置杯于茶盘内，取金银花茶 2～3 克入杯。

用初沸开水稍凉至 90℃左右冲泡，随即加上杯盖，以防香气散失；手托茶盘对着光线，透过玻璃杯壁观察茶在水中上下飘舞、沉浮，以及茶叶徐徐开展、复原叶形、渗出茶汁汤色的变幻过程，"一杯小世界，山川花木情"，堪称艺术享受，称为"目品"。冲泡 3 分钟后，揭开杯盖一侧，鼻闻汤中氤氲上升的香气，顿觉芬芳扑鼻而来，精神为之一振，"香于九畹芳兰气""草木英华信有神"。有兴趣者，还可凑着香气作深呼吸，充分领略愉悦香气，称为"鼻品"。茶汤稍凉适口时，小口喝入，在口中稍事停留，以口吸气、鼻呼气相配合的动作，使茶汤在舌面上往返流动一二次，充分与味蕾接触，品尝茶味和汤中香气后再咽下，如是一二次，才能尝到名贵金银花茶的真香实味。此味令人神醉，正如宋人范仲淹茶歌所说"茶味兮轻醍醐""茶香兮薄兰藏"。综合欣赏金银花茶特有的茶味、香韵，谓之"口品"。民间有"一口为喝，三口为品"之说，细细品啜，才能出味。一开茶饮后，留汤三分之一时续加开水，为之二开。如是饮三开，茶味已淡，不再续饮。通过三开茶汤的鼻闻、口尝，综合领略茶味的适口度和香气的鲜灵度、浓度、纯度后，三香具备者为"全香"，茶形、滋味、香气三者全佳者为金银花茶高品、名品、珍品。平时饮用一般采用白瓷茶壶，因壶中水多，保温较杯好，有利于充分泡出茶味。视茶壶大小和饮茶人数、口味浓淡，取适量茶叶入壶，用 100℃初沸水冲入壶中，加壶盖，待 5 分钟，即可斟入茶杯饮用。这种共泡分饮法，一则方便、卫生，二则家人团聚，或三五亲朋相叙，围坐品茶，闲话家常，添增团结友爱、和睦的气氛。

（三）如何种植

你一定也想亲自种下几株金银花吧。但你知道它喜欢什么样的环境，生长在哪里呢？又该如何种植呢？这些问题留给大家去寻找答案了。

二、课后拓展

在学完本节课后或许你还有许许多多的问题，请大家分小组进行活动。可以研究金银花喜欢什么样的环境？如何种植？它有哪些具体的药用价值？并完成记录表。

第3节　寻找校园植物中的中草药

在校园中还有许许多多的中草药,但你们知道某些中草药是有一定毒性的吗?《淮南子》:"神农尝百草之滋味……一日遇七十毒"。《神农本草经》把所收录的365种药物,分为上、中、下三品。其中下品就有125种,并认为下品"多毒不可久服"。隋代《诸病源候论》:"凡药物有毒及大毒者,皆能变乱,于人为害,亦能杀人"。唐代《新修本草》对药物均注明有毒无毒。明代《本草纲目》更将有毒中药分为大毒、有毒、小毒、微毒四级,其中毒性中药381种,以专篇介绍。历代医家均在继承前辈的经验和理论基础上通过临床进行应用、发挥,进一步认识总结中药的毒性。很多疾病的治疗就是需要利用药物的这种毒性,在可能产生毒副作用的同时发挥其治疗作用。所以同学们一定要特别记住,我们在研究的时候绝对不能尝试食用这些中草药(除非在医生的指导下)。

(一)车前

《本草纲目》中的描述及图片:

释名	当道、浮以、马舃、牛遗、牛舌、车轮草、地衣、蛤蟆衣
气味	甘、寒、无毒
主治	(1)血淋作痛。用车前子晒干研细,每服两钱,车前叶煎汤送下。
	(2)老人淋病(身体发热)。用车前子五合,煮汁,去渣,用汁煮米粥吃。常服此方,亦可明目。
	(3)妊妇热淋。用车前子五两、葵根(切)一升,加水五升,煎成一升半,分三次服。
	(4)容易小产,用车前子研为末,每服一匙,酒送下。不饮酒者,可改用水送下。
	(5)阴囊冷痛。肿满即成险症,用车前子研细,每服一匙,水送下,一天服两次。
	(6)久患内障。用车前子、干地黄、麦门冬等研为末,加蜜和丸,如梧子大。常服有效。
	(7)补虚明目(肝肾均虚,眼发黑共,或生障翳,迎风流泪)。用车前子、熟地黄(酒蒸后火焙)各三两,菟丝子(酒浸)五两,共研为末,加炼蜜和丸,如梧子大。每服三十丸,温酒送下。一天服两次,此方名"驻景丸"。
	(8)小便不通。用车前草一斤,加水三升煎取一升半,分三次服,可加冬瓜汁或桑叶汁。
	(9)小便尿血。用车前草捣汁五合,空腹服。
	(10)鼻血不止。用车前叶捣汁饮下。
	(11)刀伤。用车前叶捣烂敷伤处。
	(12)湿气腰痛。车前叶连根七棵,葱白连须七棵,枣七枚,煮酒一瓶常服。
	(13)喉痹、乳蛾。用车前草、凤尾草捣烂,加霜梅肉少许煮酒,共研取汁。鸡乞求蘸取刷喉。
	(14)两眼红痛。用车前草汗调眩硝末,临睡时涂眼泡上,次日早晨洗去。
	(15)目翳初起。用车前叶、敬杨叶等,揉出汁,裹入两层桑叶中,悬阴处一夜。次日打开桑叶,以汁点眼。
附方	车前功用是清热利尿、祛痰明目。草和子的作用相仿。

一、探究活动

（1）在校园找一找狗尾草、蒲公英、马鞭草、杜鹃、鸡蛋花。

（2）你找到的中草药有什么药用价值？

二、课后拓展

你一定有许许多多的问题没有想明白吧，请大家分小组进行研习。可以去图书馆或利用信息课查一查资料，也可以请教医学方面的专家，把你的收获记录下来。

第4节　在校园里种下中草药

我国是药用植物资源多样性最丰富的国家。近年来却因中药资源消耗巨大，导致一些重要的药用物种资源衰竭、丧失。据统计，在我国处于濒危状态的近3000种植物中，用于中药或具有药用价值的占60%~70%。被列入中国珍稀濒危保护植物名录的药用植物已达168种。据统计，中药年需求量已高达70万吨，而栽培药材仅占常用药材品种的20%~30%。在《濒危野生动植物物种国际贸易公约》第十届大会上，专门讨论通过了有关传统医药的决议，要对过度利用的物种采取有力的保护措施。在我们校园里有许多自然生长的中草药，如果能人工种植一些名贵的中草药，那一定很棒哦！

一、培育方式

（1）种子繁育。中草药用种子繁育最为普遍。种子繁育技术简便，利于引种驯化和新品种的培育。但是，种子繁育的后代容易产生变异，开花结实较迟，尤其是木本中草药用种子繁育所需年限很长。所以要发展药用植物良种繁育，一是加速繁育新的优良品种，以便替换已在生产上应用的老品种；二是保持新品种的优良性，防止混杂和退化。如元胡的块茎分"母元胡"和"子元胡"，生产上必须用"子元胡"作种才能获优质高产。又如浙贝母，因繁育系数很低，为保证种子的质量，生产上将商品地和种子地分开培植。地黄农家品种金状元，经过茎尖培养所得无病毒苗与原品种相比，病害轻、产量高，可使因感染病毒而退化的品种复壮。故应用生物新技术进行中草药优良品种的培育（包括多倍体育种和其他育种技术）和克隆化快速繁育，然后按国家GAP（中药材生产质量管理规范）要求建立大面积生产基地，是从根本上提高我国中草药质量的有效途径之一。

（2）营养繁育。营养繁育在药用植物栽培中约占35%，如分根、分株或用鳞茎（贝母）、块茎（何首乌）、珠芽（半夏）等繁育。有些中草药收种子非常困难或不结种子，如雅连、川芎等，生产上一直用无性繁育。

如贝母用鳞茎繁育一年一收，种子繁育五年才能收。但有时长期无性繁育易引起品种退化，如地黄、山药等，须注意随时去杂、去劣，适时倒栽，防止退化。天麻的长期无性繁育，品种退化严重，用天麻有性繁育（树叶菌床法），存活力提高，既解决了品种退化问题，又解决了种源缺乏的问题，产量和质量并增。

（3）组织培养。中草药的组织培养就是把分离出来的中草药材组织（如根、茎、叶的段、片、块等）放入含有一种合成培养基的瓶中，于无菌操作条件下使之生长或发育，它利用药用植物体细胞的再生能力，可培育出保持原品种的固有性状和特性的植株。这是现代最先进的中草药快速繁育技术，在中草药 GAP 种植中，常用组织培养的方法进行无病毒植株育种和生产无公害的绿色中草药。

二、种植中草药

1. 金银花

金银花为多年生树形植物，药用花蕾，耐寒耐旱，荒山荒坡丘岭沙滩都能生长。金银花苗可用泥水蘸根，以提高成活率。

（1）种植方法。行距 1.3～1.5 米，株距 0.9～1 米，树苗根部入土深度为 10 厘米左右，盖土踩实，浇水。山坡地将花墩整成盆形，利于积蓄雨雪，来年生长旺盛。花盆种植注意不要堵塞了排水孔。

苗期注意松土除草，雨季注意排水，每年秋末清除田间枯枝落叶。在冬季叶片全部脱落后进行修剪，冬剪要掌握"旺枝轻剪，弱枝重剪、枝枝都剪"的原则；要考虑新枝长出后株形完整合理，有利于通风透光。对细弱病和缠绕枝交叉枝要全部剪除。对定植后的幼龄花株，以培养株型为主，一般先留几个主枝杆，布局合理，主干可绑定，促其增粗增高。

（2）采摘方法。金银花花期长，从 5 月中旬到 9 月份，分期几次采摘花蕾。花蕾上部膨大、呈青白色为采摘期，延误则花朵开放会影响商品的质量和产量。加工方法有自然晾晒、烘干方法。自然晾晒即将鲜花薄摊在干净场地或席箔上，置阳光下曝晒，不要淋雨。

2. 射干

射干别名山蒲扇、扇子草，高 50～120 厘米，药用其块茎，对土壤要求不严，一般土壤均可生长，耐旱耐寒，全国各地都可生长。厦门地区的山上可以采到野生射干。

（1）种植方法分秋播和春播，按行距 35 厘米，开 2 厘米的沟，撒入种子后复土搂平，如天旱可浇大水一次。秋播的当年不出苗，第二年早春出来，春播的经过种子处理后 12～15 天出苗。种子处理：用水浸泡 2 天后，用少许沙子拌起来，放在屋内，保持长久的湿润，待发现发芽后再播种，这样出苗快且整齐。

（2）田间管理：苗出齐后，间去过密的拥挤苗，拉开档就行；如出现抽苔的要剪掉，以利根部生长。

（3）收获加工：射干生长 2～3 年或多年采收，在秋末挖出根茎，去掉须根晒干即为药材。

3.金毛狗脊

金毛狗脊是福建特有的名贵药材，由于大量采摘，现在已经越来越少了，人工种植也相当不容易，且时间很长。

（1）生长习性：喜温暖、潮湿、荫蔽的环境。畏严寒。忌直射光照射。空气湿度宜保持在70%～80%。生长适温16～22℃。对土壤要求不高，但在肥沃、排水良好的酸性土壤中生长良好。

（2）繁殖方法：分株繁殖，宜早春进行。将根状茎横切成2～3段，每段均带有一定数量的不定根和叶片，切口处涂上草木灰，分别栽入经过灭菌的腐殖土中。注意遮荫、保温、增湿，10～20天就可出芽放叶。

 三、探究活动

你还知道如何种植哪些中草药？

 四、课后拓展

分小组选择一种或几种中草药，把它们种在校园里。

第5节 我所认识的中草药

 一、活动要求

（1）小组进行活动，选择一种或几种中草药进行研究。
（2）在小组中说说你在这一单元中学到了哪些中草药的知识。
（3）把不懂的问题在小组成员中进行交流、讨论。
（4）小组成员合理分工（摄影、收集文字材料、请教老师或医生、制作PPT），用电子报刊的形式记录你们的收获（也可以是图片或其他形式）。

 二、交流

（1）把你们完成的作品制作成"美篇"与大家分享。
（2）向班级的同学介绍你们研究的成果，谈谈你对中草药的认识。
（3）评选出最佳研究小组及最佳作品。

第10章 校园里常见的植物

一、基及树

1. 简介

中文学名：基及树

拉丁学名：*Carmona microphylla* (Lam.) G. Don

基及树又名福建茶，紫草科、基及树属常绿灌木。叶在长枝上互生，在短枝上簇生，叶小、革质、深绿色，表面有光泽，有白色圆形小斑点，叶背粗糙；聚伞花序腋生，或生于短枝上，花冠白色或稍带红色，针状；核果球形，成熟时红色或黄色。为观赏植物，适于制作盆景，也可入药。

2. 形态特征

灌木，高1～3米，具褐色树皮，多分枝；分枝细弱，节间长1～2厘米，幼嫩时被稀疏短硬毛；腋芽圆球形，被淡褐色绒毛。叶革质，倒卵形或匙形，长1.5～3.5厘米，宽1～2厘米，先端圆形或截形、具粗圆齿，基部渐狭为短柄，上面有短硬毛或斑点，下面近无毛。团伞花序开展，宽5～15毫米；花序梗细弱，长1～1.5厘米，被毛；花梗  极短，长1～1.5毫米，或近无梗；花萼长4～6毫米，裂至近基部，裂片线形或线状倒披针形，宽0.5～0.8毫米，中部以下渐狭，被开展的短硬毛，内面有稠密的伏毛；花冠钟状，白色，或稍带红色，长4～6毫米，裂片长圆形，伸展，较筒部长；花丝长3～4毫米，着生花冠筒近基部，花药长圆形，长1.5～1.8毫米，伸出；花柱长4～6毫米，无毛。核果直径3～4毫米，内果皮圆球形，具网纹，直径2～3毫米，先端有短喙。

3. 生境分布

产于广东西南部、海南岛及台湾。生于低海拔平原、丘陵及空旷灌丛处。较耐阴，性喜温暖湿润气候，不耐寒，适生于疏松肥沃及排水良好的微酸性土壤；萌芽力强，耐修剪。

4. 栽培技术

栽培多用腐殖质丰富的塘泥，经风吹晒干后再拌入适量的沙土，以增加其透水性。管理较粗放，初夏种植，每隔2～3年翻盆1次。多以扦插繁殖，枝插、根插均可，极易成活。

5.主要价值

（1）园林价值。适于制作盆景。福建茶树形矮小，枝条密集，绿叶白花，叶翠果红，风姿奇特。且花期长，春花夏果，夏花秋果，形成绿叶白花、绿果红果相映衬。

可配置庭园中观赏。由于生长力强，耐修剪，闽粤一带也常种植作绿篱。基及树枝繁叶茂，株型紧凑，适宜在园林绿地中种植观赏，也是绿篱或制作盆景的好材料。老树桩育成的盆景，更为古雅。四季均宜观赏，尤以夏季嫩叶新放时最佳。在我国岭南派盆景的制作中，它是主要的品种之一。

（2）药用价值。可用于解毒敛疮。

二、红背桂

1.简介

中文学名：红背桂

拉丁学名：*Excoecaria cochinchinensis* Lour

红背桂别称红紫木，大戟科、海漆属常绿小灌木；叶对生，稀兼有互生或近3片轮生，纸质，叶片狭椭圆形或长圆形；花单性，雌雄异株；蒴果球形。因其叶背为红色得名，是一种实用价值较高的观叶、观花植物。在我国长江流域以及以南地区，常用为盆栽，置于窗台、阳台或庭园，也可入药。

2.形态特征

常绿灌木，高达1米许；枝无毛，具多数皮孔。叶对生，稀兼有互生或近3片轮生，纸质，叶片狭椭圆形或长圆形，长6～14厘米，宽1.2～4厘米，顶端长渐尖，基部渐狭，边缘有疏细齿，齿间距3～10毫米，两面均无毛，腹面绿色，背面紫红或血红色；中脉于两面均凸起，侧脉8～12对，弧曲上升，离缘弯拱连接，网脉不明显；叶柄长3～10毫米，无腺体；托叶卵形，顶端尖，长约1毫米。花单性，雌雄异株，聚集成腋生或稀兼有顶生的总状花序，雄花序长1～2厘米，雌花序由3～5朵花组成，略短于雄花序。雄花：花梗长约1.5毫

米；苞片阔卵形，长和宽近相等，约 1.7 毫米，顶端凸尖而具细齿，基部于腹面两侧各具 1 腺体，每一苞片仅有 1 朵花；小苞片 2，线形，长约 1.5 毫米，顶端尖，上部具撕裂状细齿，基部两侧亦各具 1 腺体；萼片 3，披针形，长约 1.2 毫米，顶端有细齿；雄蕊长伸出于萼片之外，花药圆形，略短于花丝。雌花：花梗粗壮，长 1.5～2 毫米，苞片和小苞片与雄花的相同；萼片 3，基部稍连合，卵形，长 1.8 毫米，宽近 1.2 毫米；子房球形，无毛，花柱 3，分离或基部多少合生，长约 2.2 毫米。蒴果球形，直径约 8 毫米，基部截平，顶端凹陷；种子近球形，直径约 2.5 毫米。花期几乎全年。

3. 生境分布

不耐干旱，不甚耐寒，生长适温 15～25℃，冬季温度不低于 5℃。耐半阴，忌阳光曝晒，夏季放在庇荫处，可保持叶色浓绿。要求肥沃、排水好的微酸性沙壤土。不耐盐碱，怕涝。我国台湾（台北植物园）、广东、广西、云南等地普遍栽培，广西龙州有野生，生于丘陵灌丛中。亚洲东南部各国也有。

4. 栽培技术

因红背桂种苗需求量大，广泛采用扦插快速育苗方法。

5. 主要价值

红背桂，清新秀丽，盆栽常"点缀"室内厅堂、居室（不适宜长期摆放室内，有致癌可能性，来源于《科技之光》），南方用于庭园、公园、居住小区绿化，茂密的株丛，鲜艳的叶色，与建筑物或树丛构成自然、闲趣的景观。

三、垂叶榕

1. 简介

中文学名：垂叶榕

拉丁学名：*Ficus benjamina*

垂叶榕又名垂榕，桑科，榕属常绿乔木。树冠广阔；树皮呈灰色，平滑；小枝下垂；叶薄革质，卵形至卵状椭圆形；花球形或扁球形，光滑，成熟时红色至黄色；瘦果卵状肾形。垂叶榕可净化空气，充当装饰品，同时具有药用价值，它的气根、树皮、叶芽、果实能清热解毒、祛风、凉血等。

2. 形态特征

大乔木，高达 20 米，胸径 30～50 厘米，树冠广阔；树皮灰色，平滑；小枝下垂。叶薄革质，卵形至卵状椭圆形，长 4～8 厘米，宽 2～4 厘米，先端短渐尖，基部圆形或楔形，全缘，一级侧脉与二级侧脉难于区分，平行展出，直达近叶边缘，网结成边脉，两面光滑无毛；叶柄长1～2厘米，上面有沟槽；托叶披针形，长约6毫米。榕果成对或单生叶腋，基部缢缩成柄，球形或扁球形，光滑，成熟时红色至黄色，直径8～15厘米，基生苞片不明显；雄花、瘿花、雌花同生于一榕果内；雄花极少数，具柄，花被片4，宽卵形，雄蕊1枚，花丝短；瘿花具柄，多数，花被片4～5，狭匙形，子房卵圆形，光滑，花柱侧生；雌花无柄，花被片短匙形。瘦果卵状肾形，短于花柱，花柱近侧生，柱头膨大。花期8～11月。

3. 生境分布

它是一种耐热、耐旱、耐湿、耐风、耐阴、抗污染、耐剪、易移植的常绿乔木。阳性，喜高温多湿气候。垂叶榕喜温暖湿润环境，忌低温干燥环境。

4. 栽培技术

产于广东、海南、广西、云南、贵州。在云南生于海拔500～800米湿润的杂木林中。尼泊尔、锡金、不丹、印度、缅甸、泰国、越南、马来西亚、菲律宾、巴布亚新几内亚、所罗门群岛、澳大利亚北部有分布。

5. 主要价值

（1）园林价值。垂叶榕是十分有效的空气净化器。它可以提高房间的湿度，有益于皮肤和呼吸，同时它还可以吸收甲醛、甲苯、二甲苯及氨气，并净化混浊的空气。垂榕小枝微垂，摇曳生姿。绿叶青翠，典雅飘逸。节部生发许多气根，状如丝帘，垂叶榕尤以耐阴、耐空调著称，是室内植物中的佼佼者，内地和港、澳地区的高级宾馆广为使用。

垂叶榕在欧美栽培也十分普遍，大型垂叶榕盆栽植物常摆放在机场的候机厅、银行的接待厅、酒店的大堂；中型的点缀高速公路的服务站、音乐茶座、小型礼品店；小型的布置于居室的窗台、书房和客室，十分清新悦目，应用范围非常广泛。

（2）药用价值。气根、树皮、叶芽、果实具有清热解毒、祛风、凉血、滋阴润肺的功效。

四、灰莉

1. 简介

中文学名：灰莉

拉丁学名：*Fagraea ceilanica* Thunb.

灰莉又名非洲茉莉、华灰莉，为马钱科灰莉属常绿乔木或灌木。树皮灰色；小枝粗厚，圆柱形；叶片稍肉质，顶端渐尖，基部楔形或宽楔形，叶面深绿色，中脉扁平，叶背微凸起；花单生或组成顶生二歧聚伞花序；浆果卵状或近圆球状。灰莉为优良的庭园、室内观叶植物，也可用于交通主干道路、林带以及景观节点等地的绿化。

2. 形态特征

乔木，高达15米，有时附生于其他树上呈攀援状灌木，树皮灰色，小枝粗厚，圆柱形，老枝上有凸起的叶痕和托叶痕；全株无毛。叶片稍肉质，干后变纸质或近革质，椭圆形、卵形、倒卵形或长圆形，有时长圆状披针形，长5～25厘米，宽2～10厘米，顶端渐尖、急尖或圆而有小尖头，基部楔形或宽楔形，叶面深绿色，干后绿黄色；叶面中脉扁平，叶背微凸起，侧脉每边4～8条，不明显；叶柄长1～5厘米，基部具有由托叶形成的腋生鳞片，鳞片长约1毫米，宽约4毫米，常与叶柄合生。

花单生或组成顶生二歧聚伞花序；花序梗短而粗，基部有长约4毫米披针形的苞片；花梗粗壮，长达1厘米，中部以上有2枚宽卵形的小苞片；花萼绿色，肉质，干后革质，长1.5～2厘米，裂片卵形至圆形，长约1厘米，边缘膜质；花冠漏斗状，长约5厘米，质薄，稍带肉质，白色，芳香，花冠管长3～3.5厘米，上部扩大，裂片张开，倒卵形。

浆果卵状或近圆球状，长3～5厘米，直径2～4厘米，顶端有尖喙，淡绿色，有光泽，基部有宿萼；种子椭圆状肾形，长3～4毫米，藏于果肉中。

3. 生境分布

性喜阳光，耐旱，耐阴，耐寒力强，在南亚热带地区终年青翠碧绿，长势良好。对土壤要求不高，适应性强，粗生易栽培。分布于中国（台湾、海南、广东、广西和云南南部）、印度、斯里兰卡、缅甸、泰国、老挝、越南、柬埔寨、印度尼西亚、菲律宾、马来西亚等。

4. 栽培技术

灰莉繁殖，用扦插、播种、压条、分株均可，每种繁殖方法适用的时间和条件不同，可根据具体条件进行选择。但枝条扦插或种子播种繁殖，成苗率高。

5. 主要价值

灰莉花大形，芳香，终年青翠碧绿，长势良好，枝繁叶茂，树形优美，叶片近肉质，叶色浓绿有光泽，是优良的庭园、室内观叶植物。灰莉可不断放出清新的氧气，它产生的挥发性油类具有显著的杀菌作用，可使人放松、有利于睡眠，提高工作效率。灰莉的抗污染能力强，适合于道路隔离带、交通主干道道路、林带以及景观节点等地的绿化。

五、南美蟛蜞菊

1. 简介

中文学名：南美蟛蜞菊

拉丁学名：*Wedelia trilobata* (L.) Hitchc.

南美蟛蜞菊别名地锦花、穿地龙。菊科、南美蟛蜞菊属多年生草本植物，原产热带美洲，喜温带至热带气候，不耐霜冻。植株矮小，匍匐状；叶对生，矩圆状披针形；花单一顶生，黄色，花期全年；瘦果有棱。常作花坛及庭园美化，可丛植。定沙能力佳，为护坡、护堤之优良覆盖植物。

2. 形态特征

多年生草本，矮小，匍匐状，被短而压紧的毛。叶对生，矩圆状披针形，长2.5～7厘米，先端短尖或钝，基部狭而近无柄，边近全缘或有锯齿，主脉3条。头状花序，具长柄，腋生或顶生，花序直径约1.8厘米；总苞片2列，披针形或矩圆形，长8～10毫米，内列较小；花托扁平；边缘舌状花1列，雌性，黄色，有10～12朵；中央管状花，两性，先端5裂齿。瘦果扁平，无冠毛。花期全年。

3. 生境分布

生性粗放，生长快速，耐旱、耐湿、耐瘠。剪取枝条直接扦插于栽植地点即能成活。冬季生长稍弱。南美蟛蜞菊为阳性植物，性喜阳光、高温，耐旱，生育适温18～30℃，生性强健，绿化迅速，不但可稳固水土，并能抑制杂草生长，效果极佳，惟不耐践踏，并易隐藏蛇鼠类。原产南美洲，在中国多生于沿海地区的水沟边或湿地上，分布于广东、广西、福建等地的路旁、田边、沟边或湿润草地上。

4. 栽培技术

主要以扦插法繁殖；方法是以枝茎为插穗；除寒冷之季节外，其他时间均可繁殖。扦插法繁殖容易，摘取茎叶扦插即可成活。

5. 主要价值

南美蟛蜞菊常用于盆栽、吊盆、花台、地被或坡堤绿化，尤其适合学校高楼走廊花台或大厦窗台悬垂美化，茎叶如绿色垂帘，甚美观。通常以观叶为主，观花为辅。

六、金叶假连翘

1. 简介

中文学名：金叶假连翘

拉丁学名：*Duranta repens* 'Variegata'

马鞭草科，假连翘属常绿灌木。叶对生，叶长卵圆形，色金黄至黄绿，卵椭圆形或倒卵形，中部以上有粗齿；花蓝色或淡蓝紫色，总状花序呈圆锥状，花期5～10月；核果橙黄色，有光泽。可修剪成形，丛植于草坪或与其他树种搭配，也可做绿篱。

2. 形态特征

灌木，高1.5～3米；枝条有皮刺，幼枝有柔毛。叶对生，少有轮生，叶片卵状椭圆形或卵状披针形，长2～6.5厘米，宽1.5～3.5厘米，纸质，顶端短尖或钝，基部楔形，全缘或中部以上有锯齿，有柔毛；叶柄长约1厘米，有柔毛。总状花序顶生或腋生，常排成圆锥状；花萼管状，有毛，长约5毫米，5裂，有5棱；花冠通常蓝紫色，长约8毫米，稍不整齐，5裂，裂片平展，内外有微毛；花柱短于花冠管；子房无毛。核果球形，无毛，有光泽，直径约5毫米，熟时红黄色，有花萼包围。花果期5～10月，在南方可为全年。

3. 生境分布

性喜高温，耐旱。全日照，喜好强光，能耐半阴。生长快，耐修剪。原产墨西哥、巴西，中国南方广为栽培，华中和华北地区多为盆栽。

4. 栽培技术

繁殖多用扦插或播种方式。生长期水分要充足，每半月左右追施一次液肥。注意保持水分，花后应进行修剪，以促进发枝并再次开花。在北方，冬季应在不能低于5℃的温室内过冬。生育适温22～30℃。

5. 主要价值

在南方可修剪成形，丛植于草坪或与其他树种搭配，也可做绿篱，还可与其他彩色植物组成模纹花坛。北方可以盆栽观赏，适宜布置会场等地。

七、朱蕉

1. 简介

中文学名：朱蕉

拉丁学名：*Cordyline fruticosa* (L.) A. Cheval

为龙舌兰科，属直立灌木植物。叶聚生于茎或枝的上端，抱茎，矩圆形至矩圆状披针形；花淡红色、青紫色至黄色。朱蕉株形美观，色彩华丽高雅，具有较好的观赏性。朱蕉的花语：青春永驻，清新悦目。

2. 形态特征

灌木状，直立，高1～3米。茎粗1～3厘米，有时稍分枝。叶聚生于茎或枝的上端，矩圆形至矩圆状披针形，长25～50厘米，宽5～10厘米，绿色或带紫红色，叶柄有槽，长10～30厘米，基部变宽，抱茎。圆锥花序长30～60厘米，侧枝基部有大的苞片，每朵花有3枚苞片；花淡红色、青紫色至黄色，长约1厘米；花梗通常很短，较少长达3～4毫米；外轮花被片下半部紧贴内轮而形成花被筒，上半部在盛开时外弯或反折；雄蕊生于筒的喉部，稍短于花被；花柱细长。花期11月至次年3月。

3. 生境分布

性喜高温多湿气候，属半荫植物，既不能忍受烈日曝晒，完全蔽荫处叶片又易发黄，不耐寒，除广东、广西、福建等地外，均只宜置于温室内盆栽观赏；要求富含腐殖质和排水良好的酸性土壤，忌碱土，植于碱性土壤中叶片易黄，新叶失色，不耐旱。广东、广西、福建、台湾等省区常见栽培。原产地不详，今广泛栽种于亚洲温暖地区。

4. 栽培技术

适宜在腐叶土、沙等混合配制的肥沃、疏松的弱酸性土壤中生长，忌用碱性土壤。宜在每年春季新叶大量生长前换盆换土。朱蕉喜温暖潮湿，生长适温20～25℃，冬季不宜低于10℃。生长季节不仅要求盆土湿润，还要求有较高的空气湿度，否则会造成叶片干尖和边缘枯黄。但应注意，在低温下如盆土过于潮湿，会出现根系腐烂，故秋冬应少浇水。光照要适度，光照过强，会出现日灼病；光线太弱，又易使叶面色彩不鲜艳，叶片早

衰。所以夏季宜放在荫棚下，使之处于半荫状态；春、秋、冬均可摆放在室内近窗台向阳处。冬季不甚寒冷的地区，应每隔半月搬至室外接受阳光3～4小时。朱蕉喜肥，生长期宜每半月施有机复合肥一次，否则会出现老叶脱落、新叶变小的现象。

5. 主要价值

朱蕉株形美观，色彩华丽高雅，盆栽适用于室内装饰。盆栽幼株，点缀客室和窗台，优雅别致。成片摆放会场、公共场所、厅室出入口处，端庄整齐，清新悦目。数盆摆设橱窗、茶室，更显典雅豪华。朱蕉栽培品种很多，叶形也有较大的变化，是布置室内场所的常用植物。

八、龙船花

1. 简介

中文学名：龙船花

拉丁学名：*Ixora chinensis* Lam.

龙船花又名仙丹花、百日红，属茜草科植物。叶披针形、长圆状披针形至长圆状倒披针；花序顶生，多花；果近球形。植株低矮，花叶秀美，株形美观，开花密集，花色丰富，是重要的盆栽木本花卉，是缅甸的国花。龙船花景观效果极佳，是重要的盆栽木本花卉。

2. 形态特征

灌木，高 0.8～2 米，无毛；小枝初时深褐色，有光泽，老时呈灰色，具线条。叶对生，节间距离极短，披针形、长圆状披针形至长圆状倒披针形，长 6～13 厘米，宽 3～4 厘米，顶端钝或圆形，基部短尖或圆形；中脉在上面扁平成略凹入，在下面凸起，侧脉每边 7～8 条，纤细，明显，近叶缘处彼此连结，横脉松散明显；叶柄极短而粗；托叶长 5～7 毫米，基部阔，合生成鞘形，顶端长渐尖，渐尖部分成锥形，比鞘长。花序顶生，多花，具短总花梗；总花梗长 5～15 毫米，与分枝均呈红色，罕有被粉状柔毛，基部常有小型叶 2 枚承托；苞片和小苞片微小，生于花托基部的成对；花有花梗；萼管长 1.5～2 毫米，萼檐 4 裂，裂片极短，长 0.8 毫米，短尖或钝；花冠红色或红黄色，盛开时长 2.5～3 厘米，顶部 4 裂，裂片倒卵形或近圆形，扩展或外反，长 5～7 毫米，宽 4～5 毫米，顶端钝或圆形；花丝极短，花药长圆形，长约 2 毫米，基部 2 裂；花柱短，伸出冠管外。果近球形，双生，中间有 1 沟，成熟时红黑色；种子长、宽 4～4.5 毫米，上面凸，下面凹。花期 5～7 月。

3. 生境分布

龙船花较适合高温及日照充足的环境，喜湿润炎热的气候，不耐低温。生长适温在 23～32℃，当气温低于 20℃度后，其长势减弱，开花明显减少，但若日照充足，仍有一定数量的花苞；当温度低于 10℃后，其生理活性降低，生长缓慢；当温度低于 0℃时，会产生冻害。龙船花喜酸性土壤，最适合的土壤 pH 值为 5～5.5。排水良好，保肥性能好的土壤即可生长良好，最佳的栽培土质是富含有机质的沙质壤土或腐殖质壤土。如土壤偏碱性，龙船花则生长受阻，发育不良。产于福建、广东、香港、广西。生于海拔 200～800 米山地灌丛中和疏林下，有时村落附近的山坡和旷野路旁亦有生长。分布于越南、菲律宾、马来西亚、印度尼西亚等热带地区。

4. 栽培技术

龙船花繁殖用播种、压条、扦插均可，但一般多用扦插法。

5. 主要价值

（1）园林价值。龙船花在园林中用途很多，少量品种可用于切花；很多品种适合盆栽，应用于宾馆、会场布景，窗台、阳台和各种客室摆设；热带地区龙船花特别适宜露天栽植，应用在庭院、宾馆小区，道肩旁及各风景区的植物选景，在园林中应用广泛，孤植、丛植、列植、片植都各有特色。

（2）药用价值。龙船花的根、茎有清热凉血、活血止痛的功效。可用于治疗风湿关节痛、胃痛、疮疡肿痛、跌打损伤等。

九、白兰

1. 简介

中文学名：白兰

拉丁学名：*Michelia alba* DC.

白兰别名木兰、玉兰、望春花，木兰科，属常绿乔木。白兰可高达17米，枝广展，呈阔伞形树冠，为名贵香花树种。叶薄革质，长椭圆形或披针状椭圆形；花洁白清香，夏秋间开放，花期长。白兰叶色浓绿。为著名的庭园观赏树种，多栽为行道树。其花可提取香精或熏茶，鲜叶也可提取香油，称"白兰叶油"。

2. 形态特征

常绿乔木，高达17米，枝广展，呈阔伞形树冠；胸径30厘米；树皮灰色；揉枝叶有芳香；嫩枝及芽密被淡黄白色微柔毛，老时毛渐脱落。叶薄革质，长椭圆形或披针状椭圆形，长10～27厘米，宽4～9.5厘米，先端长渐尖或尾状渐尖，基部楔形，上面无毛，下面疏生微柔毛，干时两面网脉均很明显；叶柄长1.5～2厘米，疏被微柔毛；托叶痕几达叶柄中部。花白色，极香；

花被片10片，披针形，长3～4厘米，宽3～5毫米；雄蕊的药隔伸出长尖头；雌蕊群被微柔毛，雌蕊群柄长约4毫米；心皮多数，通常部分不发育，成熟时随着花托的延伸，形成蓇葖疏生的聚合果；蓇葖熟时鲜红色。花期4～9月，夏季盛开，通常不结实。

3. 生境分布

原产于印度尼西亚爪哇，现广植于东南亚。我国福建、广东、广西、云南等省区栽培极盛,长江流域各省区多盆栽,在温室越冬。

4. 栽培技术

少见结实,多用嫁接繁殖,用黄兰、含笑、火力楠等为砧木;也可用空中压条或靠接繁殖。家庭盆栽白兰花,应选择疏松、透气性强且含腐殖质较丰富的土壤栽培。通常选用透气性好的瓦盆、紫砂盆(缸)或用底孔较多的塑料盆,盆内土壤最好能有一定量的大小不等的颗粒状土壤,以利渗水透气。

根据白兰花的树冠大小和树龄的年限长短而更换大小适当的盆、缸,以利于植株生长旺盛。浇水是否得当是养护好白兰花的关键。白兰花不应浇水过勤、过量。正确的浇水方法应是:一次性将盆内的土壤湿润透,盆内的土壤微干时则不必浇水。切记不要天天浇水,但可以经常用小喷壶给叶片喷喷水。

5. 主要价值

(1)园林价值。白兰花株形直立有分枝,落落大方。在南方可露地庭院栽培,是南方园林中的骨干树种。北方盆栽,可布置庭院、厅堂、会议室。中小型植株可陈设于客厅、书房。因其惧怕烟熏,应放在空气流通处。白兰花的花语是纯洁的爱,真挚。此外,白兰花还是厄瓜多尔的国花。

(2)药用价值。花可提取香精或薰茶,也可提制浸膏供药用,有行气化浊、治咳嗽等功效。鲜叶可提取香油,称"白兰叶油",可供调配香精;根皮入药:治便秘。

十、紫鸭跖草

1. 简介

中文学名:紫鸭跖草

拉丁学名:*Commelina purpures* C.B.Clarke.

紫鸭跖草又名紫竹梅、紫叶草等,属鸭跖草科多年生草本植物。茎紫褐色;春夏季开花,花色桃红,叶上有白色条纹;蒴果椭圆形。此草整个植株全年呈紫红色,枝或蔓或垂,特色鲜明,具有较高的观赏价值。

2. 形态特征

多年生披散草本,高20~50厘米。茎多分枝,带肉质,紫红色,下部匍匐状,节上常生须根,上部近于直立。叶互生,长圆形,长6~13厘米,宽6~10毫米,先端渐尖,全缘,基部抱茎而成鞘,鞘口有白色长睫毛,上面暗绿色，边缘绿紫色，下面紫红色。花密，生在二叉状的花序柄上，下具线状披针形苞片，长约 7 厘米；萼片 3，绿色，卵圆形，宿存；花瓣 3，蓝紫色，广卵形；雄蕊 6，2 枚发育，3 枚退化，另有 1 枚花丝短而纤细，无花药；雌蕊 1，子房卵形，3 室，花柱丝状而长，柱头头状。蒴果椭圆形，有 3 条隆起棱线。种子呈三棱状半圆形，呈棕色。花期夏秋。

3. 生境分布

紫鸭跖草原产墨西哥等地。喜光也耐阴，喜湿润也较耐旱，对土壤要求不高，对干旱有较强的适应能力，适宜肥沃、湿润的土壤。稍耐寒，长江流域背风向阳处可越冬。

4. 栽培技术

保持充足的光照，其色彩才能鲜艳，长时间过阴，色彩就会暗淡，且节间变长，枝蔓不挺，缺乏生机。另外，肥多也会引起徒长，每月施 1～2 次饼肥水即可。浇水要做到不干不浇。夏季天气干燥时，向植株喷水增大湿度，则更有生机。冬季盆土稍湿润即可，来年 3 月对长势衰弱和零乱的植株进行一次整剪，以促发新枝。

5. 主要价值

春夏季开花，叶上有白色条纹。花小，夏秋开放。在日照充分的条件下茎叶均呈深紫色且花量较大。此草整个植株全年呈紫红色，枝或蔓或垂，特色鲜明，具有较高的观赏价值。

十一、木棉花

1. 简介

中文学名：木棉花

拉丁学名：*Bombax malabarica* (DC.) Merr

木棉树为木棉科落叶乔木。树干直立有明显瘤刺；掌状复叶互生；早春先叶开花，花簇生于枝端，花冠红色或橙红色；蒴果甚大，木质，呈长圆形。木棉花现为广东省广州市的市花。木棉花可入药，晒干了的木棉花可解毒清热、驱寒去湿。

2. 形态特征

落叶大乔木，高可达 25 米，树皮灰白色，幼树的树干通常有圆锥状的粗刺；分枝平展。掌状复叶，小叶 5～7 片，长圆形至长圆状披针形，长 10～16 厘米，宽 3.5～5.5 厘米，顶端渐尖，基部阔或渐狭，全缘，两面均无毛，羽状侧脉 15～17 对，上举，其间有 1 条较细的 2 级侧脉，网脉极细密，二面微凸起；叶柄长 10～20 厘米；小叶柄长 1.5～4 厘米；托叶小。花单生枝顶叶腋，通常红色，有时橙红色，直径约 10 厘米；萼杯状，长 2～3 厘米，外面无毛，内面密被淡黄色短绢毛，萼齿 3～5 个，半圆形，高 1.5 厘米，宽 2.3 厘米，花瓣肉质，倒卵状长圆形，长 8～10 厘米，宽 3～4 厘米，二面被星状柔毛，但内面较疏；雄蕊管短，花丝较粗，基部粗，向上渐细，内轮花丝上部分 2 叉，中间 10 枚雄蕊较短，不分叉，外轮雄蕊多数，集成 5 束，每束花丝 10 枚以上，较长；花柱长于雄蕊。蒴果长圆形，钝，长 10～15 厘米，宽 4.5～5 厘米，密被灰白色长柔毛和星状柔毛；种子多数，倒卵形，光滑。花期 3～4 月，果夏季成熟。

3. 生境分布

喜温暖干燥和阳光充足环境。不耐寒，稍耐湿，忌积水。耐旱，抗污染、抗风力强，深根性，速生，萌芽力强。生长适温 20～30℃，冬季温度不低于 5℃，以深厚、肥沃、排水良好的中性或微酸性沙质土壤为宜。产于云南、四川、贵州、广西、江西、广东、福建、台湾等省区亚热带。生于海拔 1400～1700 米以下的干热河谷及稀树草原，也可生长在沟谷季雨林内，也有栽培作行道树的。印度、斯里兰卡、中南半岛、马来西亚、印度尼西亚、菲律宾及澳大利亚北部都有分布。

4. 栽培技术

在干热地区，花先叶开放；但在季雨林或雨林气候条件下，则有花叶同时存在的。苗期保持土壤湿润，每月施肥一次。开花展叶期亦须一定湿度。成年植株耐旱力强，冬季落叶期应保持稍干燥。

5. 主要价值

（1）使用价值

木棉树形高大雄伟，春季红花盛开，是优良的行道树、庭荫树和风景树。可园林栽培观赏。木棉生长迅速，材质轻软，可供蒸笼、包装箱之用。木棉纤维短而细软，无扭曲，中空度高达 86% 以上，远超人工纤维（25%～40%）和其他任何天然材料，不易被水浸湿，且耐压性强，保暖性强，天然抗菌，不蛀不霉，可填充枕头、救生衣。

木棉纤维被誉为"植物软黄金"，是目前天然纤维中较细、较轻、中空度较高、较保暖的纤维材料。

（2）药用价值

花可供蔬食，入药清热除湿，能治菌痢、肠炎、胃痛；根皮祛风湿、理跌打；树皮为滋补药，亦用于治痢疾和月经过多。

木棉花花语：珍惜身边的人，珍惜身边的幸福。

十二、海芋

1. 简介

中文学名：海芋

拉丁学名：*Alocasia macrorrhiza* (L.) Schott

海芋为天南星科，属多年生草本植物。叶片亚革质，草绿色，箭状卵形，边缘波状；肉穗花序稍短于佛焰苞，雌花序白色；浆果红色，卵状。海芋可改善小气候，能减弱噪音，吸收粉尘、净化空气等，能起到植物造景和保护生态环境的作用。

2. 形态特征

大型常绿草本植物，具匍匐根茎，有直立的地上茎，随植株的年龄和人类活动干扰的程度不同，茎高有不到10厘米的，也有高达3～5米的，粗10～30厘米，基部长出不定芽条。叶多数，叶柄绿色或污紫色，螺状排列，粗厚，长可达1.5米，基部连鞘宽5～10厘米，展开；叶片亚革质，草绿色，箭状卵形，边缘波状，长50～90厘米，宽40～90厘米，有的长宽都在一米以上，幼株叶片联合较多；前裂片三角状卵形，先端锐尖，长胜于宽；后裂片多少圆形，弯缺锐尖，有时几达叶柄，后基脉互交成直角或不及90度的锐角。叶柄和中肋变黑色、褐色或白色。花序柄2～3枚丛生，圆柱形，长12～60厘米，通常绿色，有时污紫色。佛焰苞管部绿色，长3～5厘米，粗3～4厘米，卵形或短椭圆形；檐部蕾时绿色，花时黄绿色、绿白色，凋萎时变黄色、白色，舟状，长圆形，略下弯，先端喙状，长10～30厘米，周围4～8厘米。附属器淡绿色至乳黄色，圆锥状，长3～5.5厘米，粗1～2厘米，圆锥状，嵌以不规则的槽纹。浆果红色，卵状。花期四季，但在密阴的树林下常不开花。

3. 生境分布

产于江西、福建、台湾、湖南、广东、广西、四川、贵州、云南等热带和亚热带地区，海拔1700米以下，常成片生长于热带雨林林缘或河谷野芭蕉林下。国外自孟加拉、印度东北部至马来半岛、中南半岛以及菲律宾、印度尼西亚都有。

4. 栽培技术

海芋一般8～12天长出1片叶子，所以每个月要将老黄叶、病叶和多余的叶剪去，留3～4片叶子即可，以利通风透光，减少水分蒸发。因海芋是喜阴、不耐强光的植物，在7～9月，一定要及时用遮阳网遮去50%～70%的太阳光。否则，叶片易被灼伤。繁殖方法有分株、扦插、播种。

5. 主要价值

（1）园林价值。海芋能维持二氧化碳与氧气的平衡，改善小气候，减弱噪音，涵养水源，调节湿度。除此之外，还有吸收粉尘、净化空气等功能，应用海芋进行园林绿化，能起到植物造景和保护生态环境完美结合的作用。海芋属于直立形草本植物，株形挺拔，茎干粗壮古朴，且生长十分旺盛、壮观，有热带雨林风光。叶片肥大、光亮、丰满圆润，给人以舒展大气、生机盎然的感觉，是优良的观叶植物。海芋叶片是纯净的翠绿色，颜色自然、清新、可爱。海芋生长旺盛，能快速提高城市的绿地率，营造绿地景观和绿化生态效益，消除空气灰尘，防止水土流失，提高地下水位。海芋造景效果独特，无论是配合其他植物、园林小品抑或单独造景，都有良好的景观效果。海芋可以群植展现它的群体美；也可孤植、丛植体现个体美。

（2）药用价值。根茎供药用，对腹痛、霍乱、疝气等有良效。又可治肺结核、风湿关节炎、气管炎、流感、伤寒、风湿性心脏病；外用治疗疮肿毒、蛇虫咬伤、烫火伤。调煤油外用治神经性皮炎。兽医用以治牛伤风、猪丹毒。本品有毒，须久煎并换水2～3次后方能服用。皮肤接触鲜草汁液后搔痒，误入眼内可以引起失明；茎、叶误食后会喉舌发痒、肿胀、流涎、肠胃烧痛、恶心、腹泻、惊厥，严重者窒息、心脏麻痹而死。民间用醋加生姜汁少许共煮，内服或含嗽以解毒。

十三、红花羊蹄甲

1. 简介

中文学名：红花羊蹄甲

拉丁学名：*Bauhinia blakeana* Dunn

简介：红花羊蹄甲又名红花紫荆、洋紫荆，豆科羊蹄甲属观赏树木。叶革质，圆形或阔心形；总状花序或有时分枝而呈圆锥花序状，红色或红紫色，花大如掌。终年常绿繁茂，颇耐烟尘，适于做行道树。树皮含单宁，可用作鞣料和染料，树根、树皮和花朵还可以入药。为广州主要的庭园树之一。世界各地广泛栽植。

2. 形态特征

乔木；分枝多，小枝细长，被毛。

叶革质，近圆形或阔心形，长 8.5～13 厘米，宽 9～14 厘米，基部心形，有时近截平，先端 2 裂约为叶全长的 1/4～1/3，裂片顶钝或狭圆，上面无毛，下面疏被短柔毛；基出脉 11～13 条；叶柄长 3.5～4 厘米，被褐色短柔毛。总状花序顶生或腋生，有时复合成圆锥花序，被短柔毛；苞片和小苞片三角形，长约 3 毫米；花大，美丽；花蕾纺锤形；萼佛焰状，长约 2.5 厘米，有淡红色和绿色线条；花瓣红紫色，具短柄，倒披针形，连柄长 5～8 厘米，宽 2.5～3 厘米，近轴的 1 片中间至基部呈深紫红色；能育雄蕊 5 枚，其中 3 枚较长；退化雄蕊 2～5 枚，丝状，极细；子房具长柄，被短柔毛。通常不结果，花期全年，3～4 月为盛花期。

3. 生境分布

原产亚热带地区，性喜温暖湿润、多雨的气候、阳光充足的环境，喜土层深厚、肥沃、排水良好的偏酸性沙质土壤。它适应性强，有一定耐寒能力，中国北回归线以南的广大地区均可以越冬。生长迅速，三年生的幼树高可达 3 米左右。萌芽力和成枝力强，分枝多，极耐修剪。花期长，每年由 10 月底始花，至翌年 5 月终花，花期长达半年以上。终年繁茂常绿，是中国华南地区优良的园林绿化树种。

4. 栽培技术

移植宜在早春 2～3 月进行。小苗需多带宿土，大苗要带土球。温室盆栽，春、夏水分宜充足，保持湿度。夏季高温时要避免阳光直晒。秋、冬应稍干燥。生长期施液肥 1～2 次。此花在亚热带、长江流域盆栽，冬季应入温室越冬，最低温需保持 5℃ 以上。

大苗移栽前必须进行截干处理，一般截断留取主干 3～5 米，并保持一定树形。适当疏枝和截短，留分枝在 0.2～1.0 米便可。移栽大苗需带泥球，栽植不宜过深，否则会引起烂根影响成活；种植后须设立支架保护。

5. 主要价值

红花羊蹄甲是美丽的观赏树木，花大，紫红色，盛开时繁英满树，终年常绿繁茂，颇耐烟尘，特适于做行道树，为广州主要的庭园树之一。世界各地广泛栽植。

十四、金边龙舌兰

1. 简介

中文学名：金边龙舌兰

拉丁学名：*Agave americanavar. Marginata aurea*

金边龙舌兰又名金边莲，属龙舌兰科，多年生常绿草本。茎短、稍木质；叶多丛生，呈剑形，质厚，平滑，绿色，边缘有黄白色条带镶边，有红或紫褐色刺状锯齿；花黄绿色；蒴果扁长椭圆形，胞间开裂。可作观赏植物，也可入药。

2. 形态特征

多年生常绿草本。茎短、稍木质。叶多丛生，呈剑形，大小不等，小者长15～25厘米，宽5～7厘米，大者长可达1米，质厚，平滑，绿色，边缘有黄白色条带镶边，有红或紫褐色刺状锯齿。花叶有多数横纹，花黄绿色，肉质；雄蕊6，花药丁字形着生；子房3室，花柱钻形。种子多数，扁平，黑色。花期夏季。

3. 生境分布

原产美洲的沙漠地带。喜温暖、光线充足的环境，生长温度为15～25℃；耐旱性极强，要求疏松透水的土壤。多栽培于庭园，我国分布于西南、华南。

4. 栽培技术

金边龙舌兰为一栽培品种，其性喜阳光充足，富含有机质的、肥沃的微酸性土壤。较耐干旱和瘠薄，忌涝，较耐寒冷，生长适温为22～30℃。盆栽常用腐叶土加粗沙的混合土。生长期每月施肥1次。除热带、亚热带地区外，其他地区盆栽，冬季要放入低温温室保护过冬，来年清明后移至室外。生长季节应保持盆土湿润，浇水时不可将水洒在叶片上，以防发生褐斑病。

常用分株和播种繁殖。分株，在早春4月换盆时进行，将母株托出，把母株旁的蘖芽剥下另行栽植。播种，通过异花授粉才能结实，采种后于4～5月播种，约2周后发芽，幼苗生长缓慢，成苗后生长迅速，10年生以上老株才能开花结实。

4. 主要价值

金边龙舌兰叶片坚挺美观、四季常青，园艺品种较多。常用于盆栽或花槽观赏，适用于布置小庭院和厅堂，栽植在花坛中心、草坪一角，绿化的同时增添热带景色。

十五、华南毛蕨

1. 简介

中文学名：华南毛蕨

拉丁学名：*Cyclosorus parasiticus* (L.) Farwell.

华南毛蕨为金星蕨科，属植物。叶近生，叶片长圆披针形，植株高达70厘米。根状茎横走，粗约4毫米。孢子囊群圆形，生于侧脉中部以上；囊群盖小，膜质，棕色，上面密生柔毛，宿存。常见于山谷密林下或溪边湿地。有药用价值，可清热除湿。

2. 形态特征

植株高达70厘米。根状茎横走，粗约4毫米，连同叶柄基部有深棕色披针形鳞片。叶近生；叶柄长达40厘米，粗约2毫米，深禾秆色，基部以上偶有一二柔毛；叶片长35厘米，长圆披针形，先端羽裂，尾状渐尖头，基部不变狭，二回羽裂；羽片12～16对，无柄，顶部略向上弯弓或斜展，中部以下的对生，相距2～3厘米，向上的互生，彼此接近，相距约1.5厘米，中部羽片长10～11厘米，中部宽1.2～1.4厘米，披针形，先端长渐尖，基部平截，略不对称，羽裂达1/2或稍深；裂片20～25对，斜展，彼此接近，基部上侧一片特长，有6～7毫米，其余的长4～5毫米，长圆形，钝头或急尖头，全缘。叶脉两面可见，侧脉斜上，单一，每裂片6～8对（基部上侧裂片有9对，偶有二叉），基部一对出自主脉基部以上，其先端交接成一钝三角形网眼，并自交接点伸出一条外行小脉直达缺刻，第二对侧脉均伸达缺刻以上的叶边。叶草质，干后褐绿色，上面除沿叶脉有一二伏生的针状毛外，脉间疏生短糙毛，下面沿叶轴、羽轴及叶脉密生具一二分隔的针状毛，脉上并饰有橙红色腺体。

3. 生境分布

分布于浙江南部及东南部、福建、台湾、广东、海南、湖南、江西、重庆、广西、云南东南部。

国外日本、韩国、尼泊尔、缅甸、印度南部、斯里兰卡、越南、泰国、印度尼西亚（爪哇）、菲律宾均有分布。

4. 栽培技术

生山谷密林下或溪边湿地，平日养护需要遮阴。

5. 主要价值

有清热除湿功效。可用于治疗风湿筋骨痛、风寒感冒、痢疾发热诸症。

十六、花叶艳山姜

1. 简介

中文学名：花叶艳山姜

拉丁学名：*Alpinia vittata.* W. Bull

花叶艳山姜又称花叶良姜，是姜科山姜属多年生草本观叶植物。叶具鞘，长椭圆形，两端渐尖；圆锥花序呈总状花序式，花白色，边缘黄色，顶端红色；蒴果卵圆形，种子有棱角。该花叶色秀丽，6～7月开花，花姿雅致，花香诱人，盆栽适宜厅堂摆设。

2. 形态特征

多年生草本，发达的地上茎。植株高1～2米，具根茎。叶具鞘，长椭圆形，两端渐尖，叶长约50厘米，宽15～20厘米，有金黄色纵斑纹，十分艳丽。圆锥花序呈总状花序式，花序下垂，花蕾包藏于总苞片中，花白色，边缘黄色，顶端红色，唇瓣广展，花大而美丽并具有香气。花序轴紫红色，被绒毛，分枝极短，在每一分枝上有花1～2（3）朵；小苞片椭圆形，白色，顶端粉红色，蕾时包裹住花，无毛；小花梗极短；花萼近钟形，白色，顶粉红色，一侧开裂，顶端又齿裂；花冠管较花萼为短，裂片长圆形，后方的1枚较大，乳白色，顶端粉红色，侧生退化雄蕊钻状，唇瓣匙状宽卵形，顶端皱波状，黄色而有紫红色纹彩；雄蕊长约2.5厘米；子房被金黄色粗毛。蒴果卵圆形，种子有棱角。夏季6～7月开花。

3. 生境分布

花叶艳山姜原产于亚热带地区，中国东南部至南部有分布，各地城市均有栽培。喜明亮或半遮阴环境。生长适温22～28℃，在室内种植时需要充足的光照，宜放在比较明亮的地方。

4. 栽培技术

花叶艳山姜喜阴湿环境，较耐水湿，不耐干旱。在春至夏季生长旺季除浇水以外，还要保持较高的空气湿度，特别是夏季天气干燥时，可向植株周围及地面喷水，以提高空气湿度。

花叶艳山姜和繁殖可采用分茎法和组织培养法。花叶艳山姜分蘖力强，生长迅速，用分茎繁殖法较易培植子株。分茎繁殖一般在每年春末夏初结合换盆进行。花叶艳山姜的分茎法尽管繁殖速度较快，但在需要大规模繁殖种苗时可采用组织培养法。

5. 主要价值

（1）园林价值。多用于景观山石一旁，绿地边缘及庭院一角，其观赏效果甚佳。也可作为室内花园点缀植物，花叶艳山姜叶色艳丽，十分迷人；花姿优美，花香清纯，是很有观赏价值的室内观叶观花植物。

它常以中小盆种植，摆放在客厅、办公室及厅堂过道等较明亮处。花叶艳山姜由于植株生长生机蓬勃，叶色艳丽醒目，花朵香气浓郁，花姿清秀雅致，是一种具有很高观赏价值的观叶观花植物。一般大型盆栽时放在会议室、客厅等大堂内摆设，露地栽培时可在公园、庭院等的水池、篱笆边等阴湿地种植，单丛或成行栽培均可。

（2）药用价值。根茎、果实可药用。味辛、涩，性温。温中燥湿，行气止痛，截疟。主治心腹冷痛，胸腹胀满，消化不良，呕吐腹泻，疟疾。

十七、苏铁

1. 简介

中中文学名：苏铁

拉丁学名：*Cycas revoluta Thunb.*

苏铁树干高约2米，圆柱形如有明显螺旋状排列的菱形叶柄残痕。苏铁最为出名的是其开花，被称之为"铁树开花"。苏铁为优美的观赏树种，栽培极为普遍，茎内含淀粉，可供食用；种子含油和丰富的淀粉，微毒，供食用和药用，有治痢疾、止咳和止血之功效。

2. 形态特征

树干高约2米，稀达8米或更高，圆柱弯，上层的斜上伸展，整个羽状叶的轮廓呈倒卵状狭披针形，长75～200厘米，叶轴横切面四方状圆形，柄略成四角形，两侧有齿状刺，硬，长9～18厘米，宽4～6毫米，向上舒展呈"V"字形，边缘显著地向下反卷，上部微渐窄，先端有刺状尖头，基部窄，两侧不对称，下侧下延生长，上面深绿色有光泽，中央微凹，凹槽

内有稍隆起的中脉，下面浅绿色，中脉显著隆起，两侧有疏柔毛或无毛，雄球花圆柱形，长30～70厘米，径8～15厘米，有短梗，小孢子飞叶窄楔形，长3.5～6厘米，顶端宽平，其两角近圆形，宽1.7～2.5厘米，有急尖头，尖头长约5毫米，直立，下部渐窄，上面近于龙骨状，下面中肋及顶端密生黄褐色或灰黄色长绒毛，花药通常3个聚生；大孢子叶长14～22厘米，密生淡黄色或淡灰黄色绒毛，上部的顶片卵形至长卵形，边缘羽

状分裂，裂片12～18对，条状钻形，长2.5～6厘米，先端有刺状尖头，胚珠2～6枚，生于大孢子叶柄的两侧，有绒毛。种子红褐色或桔红色，倒卵圆形或卵圆形，稍扁，长2～4厘米，径1.5～3厘米，密生灰黄色短绒毛，后渐脱落，两侧有两条棱脊，上端无棱脊或棱脊不显著，顶端有尖头。花期6～7月，种子10月成熟。

3. 生境分布

产于福建、台湾、广东，各地常有栽培。在福建、广东、广西、江西、云南、贵州及四川东部等地多栽植于庭园，江苏、浙江及华北各省区多栽于盆中，冬季置于温室越冬。日本南部、菲律宾和印度尼西亚也有分布。苏铁喜暖热湿润的环境，不耐寒冷，生长甚慢，寿命约200年。在我国南方热带及亚热带南部10龄以上的树木几乎每年开花结实，而长江流域及北方各地栽培的苏铁常终生不开花，或偶尔开花结实。

4. 栽培技术

苏铁喜微潮的土壤环境，由于它生长的速度很慢，因此一定要注意浇水量不宜过大，否则不利其根系进行正常的生理活动。从每年3月起至9月止，一周为植株追施一次稀薄液体肥料，能够有效地促进叶片生长。尽量保持环境通风，否则植株易生介壳虫。苏铁喜温暖，忌严寒，其生长适温为20～30℃，越冬温度不宜低于5℃。繁殖方式有种子及分蘖繁殖。

5. 主要价值

（1）园林价值

苏铁树形古雅，主干粗壮，坚硬如铁；羽叶洁滑光亮，四季常青，为珍贵观赏树种。南方多植于庭前阶旁及草坪内；北方宜作大型盆栽，布置庭院屋廊及厅室，殊为美观。

（2）药用价值

苏铁茎内含淀粉，可供食用；种子含油和丰富的淀粉，微有毒，供食用和药用，有治痢疾、止咳和止血之效。

十八、江边刺葵

1. 简介

中文学名：江边刺葵

拉丁学名：*Phoenix roebelenii* O.Brien

为棕榈科刺葵属的植物。常绿灌木，罗伞型羽状复叶全裂，柔软而弯垂；果实长圆形，顶端具短尖头，成熟时枣红色，果肉薄而有枣味。喜阴、喜湿润，肥沃土壤。江边刺葵树形优美，可作为观赏植物。

2. 形态特征

茎丛生，栽培时常为单生，高1～3米，稀更高，直径达10厘米，具宿存的三角状叶柄基部。叶长1～2米；羽片线形，较柔软，长20～40厘米，两面深绿色，背面沿叶脉被灰白色的糠秕状鳞秕，呈2列排列，下部羽片变成细长软刺。佛焰苞长30～50厘米，仅上部裂成2瓣；雄花序与佛焰苞近等长，雌花序短于佛焰苞，分枝花序长而纤细，长达20厘米；雄花花萼长约1毫米，顶端具三角状齿；花瓣3，针形，长约9毫米，顶端渐尖；雄蕊6；雌花近卵形，长约6毫米；花萼顶端具明显的短尖头。果实长圆形，长1.4～1.8厘米，直径6～8毫米，顶端具短尖头，成熟时枣红色，果肉薄而有枣味。花期4～5月，果期6～9月。

3. 生境分布

喜光，不耐寒，产于云南。常见于江岸边，海拔480～900米。广东、广西等省区有引种栽培。缅甸、越南、印度亦产。

4. 栽培技术

盆栽江边，1～3年生幼苗稍喜阴，平时可放半阴环境下栽培养护管理；3年生以上的植株4月底至5月应搬至室外或阳台上阳光较强的地方养护，会生长良好。9月底应把盆再移回室内向阳处。冬季夜间室温最低应在8℃左右，白天室温应在15℃左右。冬春季温度也不宜太高，否则在室内增长的新叶片搬至室外后，会发生严重的日灼病，叶片会变成黄褐色，失去观赏价值。在温暖潮湿环境条件下会生长良好。夏季是生长旺季，每天需浇水两次，并应向叶片喷水，使叶片清新、亮丽、美观。同时还可增加小范围的空气湿度，降低气温，以利其生长。江边刺葵一般用播种法进行繁殖。

5. 主要价值

江边刺葵树形优美，可盆栽于室内观赏，亦可用于美化园林。

十九、榕 树

1. 简介

中文学名：榕树

拉丁学名：*Ficus microcarpa* Linn. f.

榕树为桑科榕属大乔木，高达 15～25 米，胸径达 50 厘米，冠幅广展；老树常有锈褐色气根，树皮深灰色；叶薄革质，狭椭圆形，表面深绿色；榕果成对腋生或生于已落叶枝叶腋，成熟时黄或微红色，扁球形，基生苞片 3，广卵形，宿存；雄花、雌花同生于一榕果内，花间有少许短刚毛；瘦果卵圆形。

2. 形态特征

树皮深灰色。叶薄革质，狭椭圆形，长 4～8 厘米，宽 3～4 厘米，先端钝尖，基部楔形，表面深绿色，干后深褐色，有光泽，全缘，基生叶脉延长，侧脉 3～10 对；叶柄长 5～10 毫米，无毛；托叶小，披针形，长约 8 毫米。榕果成对腋生部楔形，表面深绿色，干后深褐色，有光泽，全缘，基生叶脉延长，侧脉 3～10 对；叶柄长 5～10 毫米，无毛；托叶小，披针形，长约 8 毫米。榕果扁球形，直径 6～8 毫米，无总梗；雄花无柄或具柄，散生内壁，花丝与花药等长；雌花与瘿花相似，花被片 3，广卵形，花柱近侧生，柱头短，棒形。瘦果卵圆形。花期 5～6 月。

3. 生境分布

产于台湾、浙江（南部）、福建、广东（沿海岛屿）、广西、湖北（武汉至十堰栽培）、贵州、云南。斯里兰卡、印度、缅甸、泰国、越南、马来西亚、菲律宾、日本（琉球、九州）、巴布亚新几内亚和澳大利亚北部、东部直至加罗林群岛也有。

4. 栽培技术

榕树的适应性强，喜疏松肥沃的酸性土，在瘠薄的沙质土中也能生长，在碱土中叶片黄化。不耐旱，较耐水湿，短时间水涝不会烂根。在干燥的气候条件下生长不良，在潮湿的空气中能发生大气生根，使观赏价值大大提高。喜阳光充足、温暖湿润气候，不耐寒，除华南地区外多作盆栽。对土壤要求不高，在微酸和微碱性土中均能生长，怕烈日曝晒。

榕树虽能年年结实，但种子非常细小，脱粒也非常困难，因此多采用扦插或压条繁殖。

5. 主要价值

（1）园林价值。在景观园林设计中，榕树除了可以作为行道树与庇荫树，还可以充分发挥其观赏价值作为园林景观树与孤赏树。一般来说，种植一些高大的榕树如万年阴与大叶榕等，能够增加园林景观的整体气势；再比如种植一些垂叶榕与黄金榕，可以种在草地上，也可以与一些色彩鲜艳的花丛进行配合种植，这样不仅可以形成观赏的层次感，还可以让榕树的绿色更加鲜明丰富，带给游客视觉上的冲击。另外，将一些柳叶榕或者琴叶榕种植在亭廊旁边，可以形成一种复古的氛围，取得的景观效果更为明显。有时也依据榕树的耐修剪性，将其种植成树篱或绿雕，进行人工修剪，制成一些几何形状或其他不规则形体，比如一些动物等。而作为孤赏树，选择的榕树种类都是一些高大的树种，如高山榕与菩提榕，一般将其种植在空旷的地方，以其自然的生长形态来构建独特的艺术效果，适时地对其进行修剪，使其向着设计人员构思的方向生长，有时甚至可以产生独木成林的恢宏气势。同时可以在榕树下构筑一些石桌石椅，摆一张残局，燃一缕清香，形成一种古朴自然的风景氛围，特别是菩提榕，往往被人们认为是神树，这样可以增加园林景观的神秘色彩。

（2）药用价值。

气根（榕须）：苦、涩，平。祛风清热，活血解毒。用于感冒，顿咳，麻疹不透，乳蛾，跌打损伤。

叶（榕树叶）：淡，凉。清热利湿，活血散瘀。用于咳嗽，痢疾，泄泻。

树皮（榕树皮）：用于泄泻，疥癣，痔疮。

果实（榕树果）：用于臁疮。

树胶汁（榕树胶汁）：用于目翳，目赤，瘰疬，牛皮癣。

二十、鹅掌藤

1. 简介

中文学名：鹅掌藤

拉丁学名：*Schefflera arboricola* Hay.

鹅掌藤为五加科鹅掌柴属藤状灌木。小叶片革质，倒卵状长圆形或长圆形，叶柄纤细；圆锥花序顶生，花白色，花期 7 月；果实卵形果期 8 月。原产热带和亚热带，生于谷地密林下或溪边较湿润处，耐阴、耐寒，不耐干旱。常附生于树上。可以盆栽。

2. 形态特征

藤状灌木，高 2～3 米；小枝有不规则纵皱纹，无毛。叶有小叶 7～9，稀 5～6 或 10；叶柄纤细，长 12～18 厘米，无毛；托叶和叶柄基部合生成鞘状，宿存或与叶柄一起脱落；小叶片革质，倒卵状长圆形，长 6～10 厘米，宽 1.5～3.5 厘米，先端急尖或钝形，稀短渐尖，基部渐狭或钝形，上面深绿色，有光泽，下面灰绿色，两面均无毛，边缘全缘，中脉仅在下面隆起，侧脉 4～6 对，和稠密的网脉在两面微隆起；小叶柄有狭沟，长 1.5～3 厘米，无毛。

圆锥花序顶生，长 20 厘米以下，主轴和分枝幼时密生星状绒毛，后毛渐脱净；伞形花序十几个至几十个总状排列在分枝上，有花 3～10 朵；苞片阔卵形，长 0.5～1.5 厘米，外面密生星状绒毛，早落；总花梗长不及 5 毫米，花梗长 1.5～2.5 毫米，均疏生星状绒毛；花白色，长约 3 毫米；萼长约 1 毫米，花瓣 5～6，有 3 脉，无毛；雄蕊和花瓣同数而等长；子房 5～6 室；无花柱，柱头 5～6；花盘略隆起。果实卵形，有 5 棱，连花盘长 4～5 毫米，直径 4 毫米；花盘五角形，长约为果实的 1/3～1/4。花期 7 月，果期 8 月。

3. 生境分布

产于台湾、广西（防城）及广东（海南岛保亭、崖县、澄迈）。生于谷地密林下或溪边较湿润处，常附生于树上，海拔在海南岛为 400～900 米。模式标本采自台湾。

4. 栽培技术

鹅掌藤喜欢湿润的气候环境，要求生长环境的空气相对湿度为 70%～80%，空气相对湿度过低，下部叶片黄化、脱落，上部叶片无光泽。由于它原产于热带地区，喜欢高温高湿环境，因此对冬季的温度要求很严，当环境温度在 10℃以下停止生长，在霜冻出现时不能安全越冬。

喜欢半荫环境，在秋、冬、春三季可以给予充足的阳光，但在夏季要遮荫50%以上。放在室内养护时，尽量放在有明亮光线的地方，如采光良好的客厅、卧室、书房等场所。在室内养护一段时间后（一个月左右），就要把它搬到室外有遮阴（冬季有保温条件）的地方养护一段时间（一个月左右），如此交替调换。春、夏、秋这三个季节是它的生长旺季，肥水管理按照"花宝"—清水—"花宝"—清水顺序循环，间隔周期为1～4天，晴天或高温期间周期短些，阴雨天或低温期间周期长些，或者不浇鹅掌藤。常用繁殖方法有扦插繁殖和播种繁殖，压条繁殖。

5. 主要价值

（1）园林价值。鹅掌藤是常见的园艺观叶植物，经改良后而有斑叶鹅掌藤，高可达十余尺，故可当庭院树，虽是阳性植物，但因适阴性强，所以被推广为盆栽使用。

（2）药用价值。鹅掌藤有行气止痛、活血消肿、辛香走窜、温通血脉的功效，既能行气开瘀止痛，又能活血生新。民间用于治疗风湿性关节炎、骨痛骨折、扭伤挫伤以及腰腿痛、胃痛和瘫痪等。

二十一、大王椰子

1. 简介

中文学名：大王椰子

拉丁学名：*Roystonea regia* (Kunth) O. F. Cook

大王椰子别名王棕、文笔树，为棕榈科大王椰子属植物。原产于古巴、牙买加、巴拿马，是古巴的国树，现被广泛种植于热带、亚带热地区作观赏之用。单干高耸挺直，干面平滑，上具明显叶痕环纹；叶羽状全裂，小叶披针形，叶鞘绿色，环抱茎顶；肉穗花序着生于最外侧的叶鞘着生处，花乳白色；果为浆果，含种子一枚。

2. 形态特征

单干，高 15～20 米高耸挺直，平面平滑，叶羽状全裂，小叶披针形。核果阔卵形。幼株干基肥大，随成长逐渐转为上部粗大。干的环纹圈圈明显，干面灰白平滑，径达 50～80 厘米。花白色，雌雄同株，穗状花序，着生于叶鞘的下部，最初包被于一圆筒状的佛焰苞内，花开时则脱佛焰苞而出，小花梗有许多分支，状如扫帚。

3. 生境分布

分布于原产地中美洲古巴、牙买加、巴拿马，我国华南、东南及西南省区引种已久，半归化。

4. 栽培技术

常用播种繁殖。种子充分成熟后采收、洗净后，随即播于沙床中，种子发芽适温 22～28℃，保持湿润状态。播后 1～3 个月即可发芽，翌年春季或夏季分苗移栽最适宜。

5. 主要价值

我国南部热带常见栽培，树形优美，广泛作行道树和庭园绿化树种。果实含油，可作猪饲料。

二十二、高山榕

1. 简介

中文学名：高山榕

拉丁学名：*Ficus altissima* Bl.

高山榕为桑科榕属大乔木，高 25～30 米，胸径 40～90 厘米；树皮灰色，平滑；高山榕为阳性树种，四季常绿，树冠广阔，树姿丰满壮观，生性强健，耐干旱瘠薄，又能抵抗强风，抗大气污染，且移栽容易成活，是极好的城市绿化树种。高山榕的根和枝的柔韧性很强，易于曲折或编织，适宜各种造型，所以诸多园艺工作者都以它为盆景制作的首选材料。经过精心加工，合理养护，

一盆盆高山榕盆景作品显得千姿百态，意境奇美，观之令人心旷神怡，爱不释手。

2. 形态特征

叶厚革质，广卵形至广卵状椭圆形，长 10～19 厘米，宽 8～11 厘米，先端钝，急尖，基部宽楔形，全缘，两面光滑，无毛，基生侧脉延长，侧脉 5～7 对；叶柄长 2～5 厘米，粗壮；托叶厚革质，长 2～3 厘米，外面被灰色绢丝状毛。

高山榕花序顶部有被苞片所覆盖的口，为榕小蜂等昆虫进入的通道。高山榕的花均为单性花（有些花序内有少数两性花），花小，着生于封闭囊状的肉质花序轴内壁上形成聚花果。榕果成对腋生，椭圆状卵圆形，直径 17～28 毫米，幼时包藏于早落风帽状苞片内，成熟时红色或带黄色，顶部脐状凸起，基生苞片短宽而钝，脱落后环状；雌雄同序，每个花序内有雄花和雌花，雄花散生榕果内壁，花被片 4，膜质，透明，雄蕊一枚，花被片 4，花柱近顶生，较长；雌花无柄，花被片与瘿花同数，雌花有三种，无花柄，短伲柄，长花柄；无花柄的雌花伲被为 3，花柱较长，子房由花被包住，分布在底层；短柄的雌花和长柄的雌花的花被为 4，花柱较短，子房由花被包住，分布在中上层。

高山榕的果实成熟后相当长一段时间仍留在母树上，种子无休眠期，在果实内就萌发。首先是胚根突破种皮生长，丰富的根毛能够吸收隐头花序腔内潮湿空气中的水分。由于花序苞口的存在，花序腔边缘的湿度高于中央部分，因此胚根伸展到一定长度后，受水分的吸引，反折向花序腔边缘伸展，根尖插进层层叠叠的花丛中（甚至花序托中）能够吸收到充分的水分和营养，然后子叶从种皮中脱离，不久花序凋落，只要落在适应的环境就能长成幼苗。瘦果表面有瘤状凸体，花柱延长。花期 3～4 月，果期 5～7 月。

3. 生境分布

产于海南、广西、云南（南部至中部、西北部）、四川。生于海拔 100～2000 米山地或平原。尼泊尔、不丹、印度（安达曼群岛）、缅甸、越南、泰国、马来西亚、印度尼西亚、菲律宾也有分布。

4. 栽培技术

高山榕生命力极为旺盛，容易繁殖。繁殖方法有播种、扦插和组织培养，以播种和扦插繁殖方法为主。

5. 主要价值

（1）城市美化。高山榕树冠大；叶厚革质，有光泽；隐头花序形成的果成熟时金黄色。极好的城市绿化树种。树冠广阔，树姿稳键壮观。只是树体量太大，根系过于发达，不太适宜作路树。非常适合用作园景树和遮阴树。又为优良的紫胶虫寄主树。适应性强。极耐荫，适合在室内长期陈设。江南常做行道树及孤

植树。

（2）盆景制作。榕树四季长青，榕荫冬暖夏凉，自古以来，人们除了利用旷野、庭院广为种植外，还利用其制作盆景，经过精心加工，一盆盆榕树盆景显得千姿百态，令人心旷神怡，深受欢迎。

二十三、变叶木

1. 简介

中文学名：变叶木

拉丁学名：*Codiaeum variegatum* (L.) A. Juss.

变叶木亦称变色月桂，大戟科灌木或小乔木。叶革质，色彩鲜艳、光亮，叶片含花青素，单色有绿、黄、白、橙、红、粉红、大红及紫等，或诸色相杂，变叶木以其叶片形色而得名，其叶形有披针形、卵形、椭圆形，还有波浪起伏状、扭曲状等。变叶木是自然界中颜色和形状变化最多的观叶树种，极为美丽。

2. 生境分布

原产于亚洲马来半岛至大洋洲；现广泛栽培于热带地区。中国南部各省区常见栽培。

3. 栽培技术

变叶木喜湿怕干。生长期茎叶生长迅速，需给予充足水分，并每天向叶面喷水。但冬季低温时盆土要保持稍干燥，如冬季半休眠状态，水分过多，会引起落叶。

变叶木属喜光性植物，整个生长期均需充足阳光，茎叶生长繁茂，叶色鲜丽，特别是红色斑纹，更加艳红。以5万～8万勒克斯最为适宜。若光照长期不足，叶面斑纹、斑点不明显，缺乏光泽，枝条柔软，甚至产生落叶。土壤以肥沃、保水性强的黏质壤土为宜。盆栽用培养土、腐叶土和粗沙的混合土壤。变叶木对光线适应范围较宽，但充足的阳光有利于促进其良好生长，并获得较高观赏价值，因此，除了夏季强光下需适当遮阴外，春、夏、秋三季在露天光照条件下叶片的颜色变得更美丽。变叶木不太耐阴，适宜放在室内有较强散光处，而且时间不宜超过2～3周。如果长期缺乏光照或光线不足，会使叶色缺少光泽，还容易落叶。

4. 主要价值

（1）园林价值。变叶木枝叶密生，是著名的观叶树种，华南可用于园林造景。适于路旁、墙隅、石间丛植，也可植为绿篱或基础种植材料。北方常见盆栽，用于点缀案头、布置会场、厅堂。

变叶木因在其叶形、叶色上变化显示出色彩美、姿态美，在观叶植物中深受人们的喜爱，华南地区多用于公园、绿地和庭园美化，其枝叶是插花的理想配叶料。

（2）药用价值。乳汁有毒，人畜误食叶或其液汁，有腹痛、腹泻等中毒症状；乳汁中含有激活 EB 病毒的物质，长时间接触有诱发鼻咽癌的可能。

二十四、凤凰木

1. 简介

中文学名：凤凰木

拉丁学名：*Delonix regia*

凤凰木为豆科落叶乔木，取名于"叶如飞凰之羽，花若丹凤之冠"。树冠宽广。二回羽状复叶，小叶长椭圆形。夏季开花，总状花序，花大，红色，有光泽。荚果木质，长可达 50 厘米。凤凰木因鲜红或橙色的花朵配合鲜绿色的羽状复叶，被誉为世上最色彩鲜艳的树木之一。

2. 形态特征

凤凰木为高大落叶乔木，无刺，高达 20 余米，胸径可达 1 米；树皮粗糙，灰褐色；树冠扁圆形，分枝多而开展；小枝常被短柔毛并有明显的皮孔。浅根性，但根系发达，抗风能力强。抗空气污染。萌发力强，生长迅速。

凤凰木叶为二回偶数羽状复叶，长 20～60 厘米，具托叶；下部的托叶明显羽状分裂，上部的成刚毛状；叶柄长 7～12 厘米，光滑至被短柔毛，上面具槽，基部膨大呈垫状；羽片对生，15～20 对，长达 5～10 厘米；小叶 25 对，密集对生，长圆形，长 4～8 毫米，宽 3～4 毫米，两面被绢毛，先端钝，基部偏斜，边全缘；中脉明显；小叶柄短。

总状花序顶生或腋生；花大而美丽，直径 7～10 厘米，鲜红至橙红色，具 4～10 厘米长的花梗；花托盘状或短陀螺状；萼片 5，里面红色，边缘绿黄色；花瓣 5，匙形，红色，具黄及白色花斑，长 5～7 厘米，宽 3.7～4 厘米，开花后向花萼反卷，瓣柄细长，长约

2厘米；雄蕊10枚；红色，长短不等，长3～6厘米，向上弯，花丝粗，下半部被绵毛，花药红色，长约5毫米；子房长约1.3厘米，黄色，被柔毛，无柄或具短柄，花柱长3～4厘米，柱头小，截形。

荚果带形，扁平，长30～60厘米，宽3.5～5厘米，稍弯曲，暗红褐色，成熟时黑褐色，顶端有宿存花柱；种子20～40颗，横长圆形，平滑，坚硬，黄色染有褐斑，长约15毫米，宽约7毫米。花期6～7月，果期8～10月。

3. 生境分布

原产于非洲马达加斯加。世界各热带、亚热带地区广泛引种。中国台湾、海南、福建、广东、广西、云南等省区有引种栽培。在美国，凤凰木可以生长在佛罗里达州、德克萨斯州南部的瑞欧格兰山谷（Rio Grande Valley）、亚利桑那州及加利福尼亚州的沙漠地区、夏威夷州、波多黎各、美属维尔京群岛和关岛，亦广泛生长在加勒比海地区。

4. 栽培技术

常用种子播种育苗。种子千粒重约400克。种皮吸水困难，需用80℃温水烫种催芽，自然冷却后，继续浸泡24小时，沥干备用。

用点播法播种，幼苗对霜冻较敏感，早期可施综合性肥料，少施氮肥，入秋以后应停止施肥，促其早日木质化。进入冬季，如叶片尚未脱落，可用人工剪去，并用薄膜覆盖或单株包裹防霜。1年生苗可出圃定植。

5. 主要价值

（1）园林价值。凤凰木树冠高大，花期花红叶绿，满树如火，富丽堂皇，由于"叶如飞凤之羽，花若丹凤之冠"，故取名凤凰木，是著名的热带观赏树种。

在我国南方城市的植物园和公园栽种颇盛，作为观赏树或行道树。

（2）药用价值。茎皮的水提取物对猫和猴有催吐作用和中枢神经的抑制作用。花的醇、水提取物有灭蛔虫作用。有毒成分不明。花含类胡萝卜素。

种子含溶血卵磷酯（lysolecithin）等磷酯类化合物。茎皮含赤藓醇（erythritol）、白矢车菊甙元（1eucocyanidin）。误食会造成腹痛、腹胀、腹泻、头晕、流涎等症状。

凤凰木是非洲马达加斯加共和国的国树，也是我国厦门市、台湾台南市、四川攀枝花市的市树，广东省汕头市的市花。

二十五、酒瓶椰子

1. 简介

中文学名：酒瓶椰子

拉丁学名：*Hyophorbe lagenicaulis* (L.H.Bailey) H.E.Moore

酒瓶椰子树干平滑，酒瓶状，中部以下膨大，近顶部渐狭成长颈状。叶聚生于干顶，羽状叶拱形、旋转，于基部侧向扭转而使羽片的叶面和叶轴所在的平面成45°，有时羽片和叶柄边缘略带红色；肉穗花序多分支，油绿色；浆果椭圆，熟时黑褐色。

2. 形态特征

系棕榈科酒瓶椰属常绿观赏植物，因其茎干似酒瓶而得名。茎干短矮圆肥似酒瓶，高1～2.5米，最大茎粗38～60厘米。羽状复叶，小叶披针形，40～60对，叶数较少，常不超过5片；小叶线状披针形，淡绿色。肉穗花序多分支，油绿色。浆果椭圆，熟时黑褐色。花期8月，果期为翌年3～4月。

3. 生境分布

原产于马斯克林群岛，中国台湾、广西、海南、广东、福建等地有引种栽培。

4. 栽培技术

播种繁殖。选取优质的母树采种，盆播、箱播和床播均可。大量播种时苗床宜选水源近及地势平坦的沙质土壤，并稍有荫蔽处。播种前，种子应进行温水浸种，以促进发芽。一般方法是，将种子浸泡在30～35℃的温水中，浸泡48小时，搓去种子表皮的蜡质，取出后用纱布包好，每天早晚再用温水浸一次，保持种子湿润，当种子开始萌动时，即行播种。酒瓶椰子种皮坚硬。也可在播前用利刀在芽眼附近削去一小片外果皮，然后用温水浸种，使其易吸水发芽。播种用土以素沙为宜，将种子顶端向上并排斜放于苗床上。覆土厚度为种子直径的一倍，播后将盆、箱置于室内，保持室温25～30℃，半遮荫，保持土壤湿润。

5. 主要价值

酒瓶椰子株形奇特，生长较慢，从种子育苗到开花结果，常需时20多年，每株开花至果实成熟需 18 个月，但寿命可长达数十年，其形似酒瓶，非常美观，是一种珍贵的观赏棕榈植物。既可盆栽用于装饰宾馆的厅堂和大型商场，也可孤植于草坪或庭院之中，观赏效果极佳。此外，酒瓶椰子与华棕、皇后葵等植物一样，还是少数能直接栽种于海边的棕榈植物。

二十六、勒杜鹃

1. 简介

中文学名：勒杜鹃

拉丁学名：*Bougainvillea spectabilis* Willd.

勒杜鹃又名三角梅、叶子花、簕杜鹃，为紫茉莉科，叶子花属藤本植物。勒杜鹃的茎干有刺，还具有枝干蔓延、直立本领，园艺工人往往将它们修剪成各种不同的造型，如动物、几何形状，真是千姿百态，令人耳目一新。勒杜鹃为深圳、珠海、江门、惠州等市的市花。

2. 形态特征

常绿木质大藤本植物，枝条常拱形下垂。花多数为 3 朵聚生一处。

勒杜鹃被定为福建厦门市的市花。其花色多样：有淡红、大红、紫红、淡黄、乳白、一株多色；也有单瓣与复瓣之分。

勒杜鹃的叶子呈心型，刚长出来的叶子里是嫩绿色的，长大了叶子是深绿色的。我曾做过一个实验：将叶子放进水里泡了泡，拿起来放在纸上搓了搓，纸立刻变成了绿色。

勒杜鹃，我们平常所观赏的三角形花朵，其实并不是它真正的花，而是它的萼片。它的花是由三根火柴头般大小的花苞聚在萼片的中脉上，花柱是深红色的。它的花是淡黄色的，比黄豆还要小，小得使人误以为它的萼片就是它的花。其实，勒杜鹃从单花来看，并无牡丹那种雍容华贵的气质，也没有郁金香那般亭亭玉立的神韵。唯是它所开的总是一簇接着一簇的群花，近看，好像十几个形影不离的兄弟簇拥在一起。远看，宛如一团团热烈无比的火球，呈现着万紫千红的景象，所以深受人们的喜爱。

3. 生境分布

原产于南美巴西、秘鲁、阿根廷。现在广泛分布于我国江苏省、安徽省、福建省、台湾省、湖北省、海南省、广东省等。

4. 栽培技术

容器栽培，可以裸根移植，由于成活率高，故能远途托运。

5. 园林价值

华南及西南暖地多植于庭园、宅旁，常设立棚架或让其攀援山石、园墙、廊柱而上。勒杜鹃造型树桩、造型盆景，更是千姿百态，魅力无穷。

二十七、巴西野牡丹

1. 简介

中文学名：巴西野牡丹

拉丁学名：*Tibouchina seecandra* Cogn.

巴西野牡丹是野牡丹科常绿小灌木。枝条红褐色；叶对生，椭圆形至披针形，两面具细茸毛；花顶生，大型5瓣，深紫蓝色；花萼5片，红色，披绒毛；蒴果坛状球形，一年可多次开花。原产于巴西低海拔山区及平地，中国广东、海南等地有引种栽培。它的植株清秀，花期长，花朵艳丽，非常适合庭园、绿地的绿化、美化。

2. 形态特征

巴西野牡丹，常绿灌木，高0.6～1.5米。茎四菱形，分枝多，枝条红褐色，株形紧凑美观；茎、枝几乎无毛。叶革质，披针状卵形，顶端渐尖，基部楔形，长3～7厘米，宽1.5～3厘米，全缘，叶表面光滑，无毛，5基出脉，背面被细柔毛，基出脉隆起。

伞形花序着生于分枝顶端，近头状，有花3～5朵；花瓣5枚；花萼长约8毫米，密被较短的糙伏毛，顶端圆钝，背面被毛；花瓣紫色，雄蕊白色且上曲；雄蕊明显比雌蕊伸长膨大。

蒴果坛状球形。花多且密，单朵花的开花时间长达4～7天；全年几乎可以开花，8月始进入盛花期，一直到冬季，谢花后又陆续抽蕾开花，可至翌年4月。

3. 生境分布

巴西野牡丹原产巴西低海拔山区及平地，中国广东、海南等地有引种栽培。

4. 栽培技术

巴西野牡丹由于极少结实，所以只能采用无性繁殖，一般采用扦插繁殖。可在春、秋两个季节进行。扦插时间为春季：3月中旬～5月初；秋季：9月下旬～11月上旬。

（1）插穗选取。从母树树冠中、上部外围剪取当年生的生长健壮、芽饱满、无病、虫害枝条，插穗长度 10～15 厘米，带 2～3 个节，顶部叶片留二分之一，其余叶片全剪去，末端切口剪成马蹄形，剪口离节间 0.5～1 厘米。

（2）扦插基质。扦插基质要求选用疏松透气保水保肥富含有机质的基质，可提高扦插成活率。可选用园土、营养土或腐殖土：蛭石：珍珠岩 =3：1：1。

（3）扦插。巴西野牡丹容易生根，可不使用生根剂，扦插深度 2～3 厘米，将插穗插入营养袋基质中并轻轻压实浇透水。

（4）插后管理。扦插后需覆盖遮阳网。应保持基质湿润，及时清除杂草，注意病、虫害对扦插苗的危害要及时防治。适时对扦插苗进行追肥，追肥结合浇水进行。春季要注意排水，秋季注意防旱。

5. 主要价值

巴西野牡丹花大、多且密，花为紫色、娇艳美丽。株型美观，枝繁叶茂，叶片翠绿，一年四季皆有花。栽培管理简单、繁殖容易、适应性强，为不可多得的优良观叶、观花园林绿化植物，很适宜在城市园林绿地中种植。可点缀于草坪绿地及空旷地，花朵在阳光下显得高贵动人；可布置于花坛花镜，盛花时成片群植鲜艳夺目，十分壮观。也可栽于风景林路两侧，展现其独特的绿地景观效果。盆栽置于屋前房后或窗台，展现郊外野趣，效果极佳。巴西野牡丹具有一定的耐阴能力，布置于片林下和高架桥下，为耐阴植物提供新的选择。

二十八、旅人蕉

1. 简介

中文学名：旅人蕉

拉丁学名：*Ravenala madagascariensis* Sonn.

旅人蕉，别称旅人木、扇芭蕉、水木等，为旅人蕉科旅人蕉属下的单属种植物，原产于马达加斯加。叶 2 行排列于茎顶，像一把大折扇，叶片长圆形，似蕉叶；叶鞘呈杯状，贮存大量水液，供旱漠旅人提供紧急的水源，故而得名旅人蕉。

2. 形态特征

树干像棕榈，高 5～6 米（原产地高可达 30 米）。叶 2 行排列于茎顶，像一把大折扇，叶片长圆形，似蕉叶，长达2米，宽达65厘米。花序腋生，花序轴每边有佛焰苞5～6枚，佛焰苞长25～35厘米，宽5～8厘米，内有花5～12朵，排成蝎尾状聚伞花序；萼片披针形，长约20厘米，宽12毫米，革质；花瓣与萼片相似，惟中央1枚稍较狭小；雄蕊线形，长15～16厘米，花药长为花丝的2倍；子房扁压，长4～5厘米，花柱约与花被等长，柱头纺锤状。蒴果开裂为3瓣；种子肾形，长10～12厘米，宽7～8毫米。

3. 生境分布

喜光，喜高温多湿气候，夜间温度不能低于8℃。要求疏松、肥沃、排水良好的土壤，忌低洼积涝。原产于非洲马达加斯加岛，深受当地人喜爱，被誉为国树。我国广州及海南有少量栽培。

4. 栽培技术

常用种子播种育苗。种子千粒重约400克。种皮吸水困难，需用80℃温水烫种催芽，自然冷却后，继续浸泡24小时，沥干备用。

用点播法播种，幼苗对霜冻较敏感，早期可施综合性肥料，少施氮肥，入秋以后应停止施肥，促其早日木质化。进入冬季，如叶片尚未脱落，可用人工剪去，并用薄膜覆盖或单株包裹防霜。1年生苗可出圃定植。

5. 主要价值

旅人蕉叶硕大奇异，姿态优美，极富热带风光，适宜在公园、风景区栽植观赏。叶柄内藏有许多清水，可解游人之渴。

二十九、黄金榕

1. 简介

中文学名：黄金榕

拉丁学名：*Ficus microcarpa* cv. *GoldenLeaves*

黄金榕，又名金叶榕，桑科榕属。

常绿乔木或灌木，高达25m，树冠阔伞形，宽幅可达30m，枝干上有下垂的气根。单叶互生，倒卵形枝至椭圆形，长4～10cm，革质，全缘。花单性，雌雄同株，隐头花序。果实球形，熟时红色。分蘖能力强，叶色金黄亮丽，易造型，园林应用广

泛，常作行道树、园景树、绿篱树。

2. 形态特征

常绿灌木。叶椭圆形致倒卵形，先端钝尖，基部楔形，全缘或浅波状，羽状脉，革质，无毛。叶表光滑，叶缘整齐，叶有光泽，嫩叶呈金黄色，老叶则为深绿色。球形的隐头花序，其中有雄花及雌花聚生。桑科的果实中，常有寄生蜂寄生其中。

3. 生境分布

喜半阴、温暖而湿润的气候。较耐寒、可耐短期的0℃低温，温度在25～30℃时生长较快，空气湿度在80%以上时易生出气根。喜光，但应避免强光直射。

产于热带、亚热带的亚洲地区，分布于中国台湾及华南地区，东南亚及澳洲也有分布。

4. 栽培技术

扦插繁殖。可用种子育苗。扦插于春季气温回升后进行，较易成活，老枝或嫩枝，均可作插穗，可截成每20厘米左右长一段，也可截成每1米左右长一段，直接插入圃地。保持湿润，约1个月可发根，留圃培育2～4年，即可出圃供露地栽植。也可用长2米左右、径6厘米左右的粗干，剪去枝叶，顶端裹泥，不经育苗，直接插干栽植。

5. 主要价值

枝叶茂密，树冠扩展，是华南地区的行道树及庭荫树的良好树种，可成为草坪绿化主景，也可种植于高速公路分车带绿地，塑成各种造型的颜色景观。幼树可曲茎、提根靠接，作多种造型，制成艺术盆景。大树抗有害气体及烟尘的能力强，宜在工矿区、广场、森林公园等处种植，雄伟壮丽。

三十、人面子

1. 简介

中文学名：人面子

拉丁学名：*Dracontomelon duperreanum* Pierre.

人面子，漆树科常绿植物。别称人面树，银莲果。幼枝具条纹，披灰色绒毛；小叶先端渐尖，基部常偏斜，阔楔形至近圆形，全缘，两面沿中脉疏披微柔毛，叶背脉腋具灰白色髯毛。花白色，花丝线形，无毛。核果扁圆形，成熟时黄色。多用作行道树。

2. 形态特征

常绿大乔木，高达20余米；幼枝具条纹，披灰色绒毛。奇数羽状复叶长30～45厘米，有小叶5～7对，叶轴和叶柄具条纹，疏被毛；小叶互生，近革质，长圆形，自下而上逐渐增大，长5～14.5厘米，宽2.5～4.5厘米，先端渐尖，基部常偏斜，阔楔形至近圆形，全缘，两面沿中脉疏披微柔毛，叶背脉腋具灰白色髯毛，侧脉8～9对，近边缘处弧形上升，侧脉和细脉两面突起；小叶柄短，长2～5毫米。圆锥花序顶生或腋生，比叶短，长10～23厘米，疏披灰色微柔毛；花白色，花梗长2～3毫米，披微柔毛；萼片阔卵形或椭圆状卵形，长3.5～4毫米，宽约2毫米，先端钝，两面被灰黄色微柔毛，花瓣披针形或狭长圆形，长约6毫米，宽约1.7毫米，无毛，芽中先端彼此粘合，开花时外卷，具3～5条暗褐色纵脉；花丝线形，无毛，长约3.5毫米，花药长圆形，长约1.5毫米；花盘无毛，边缘浅波状；子房无毛，长2.5～3毫米，花柱短，长约2毫米。核果扁球形，长约2厘米，径约2.5厘米，成熟时黄色，果核压扁，径1.7～1.9厘米，上面盾状凹入，5室，通常1～2室不育；种子3～4颗。

3. 生境分布

生于平原、丘陵、村旁、河边、池畔等处，喜阳、高温多湿环境，喜湿润肥沃酸性土壤，萌芽力强。产于云南(东南部)、广西、广东。越南也有分布。

4. 栽培技术

种子繁殖。秋后成熟果实。将种子晾后通风处用布袋保藏。于翌年3月播种。因种子坚硬，用湿细沙擦破种皮，放冷水浸种1天。按行株距30厘米×30厘米开穴播，覆土3厘米。浇水，经常保持苗床湿润，当苗高30～40厘米时，选阴雨天气移栽定植。亦可扦插繁殖。

5. 主要价值

（1）园林价值。可作行道树、庭荫树。树冠宽广浓绿，甚为美观，是"四旁"和庭园绿化的优良树种，也适合作行道树。

（2）药用价值。人面子根皮切碎，酒煎，少量饮之，能散乳痈。人面子叶解毒敛疮。

三十一、睡莲

1. 简介

中文学名：睡莲

拉丁学名：*Nymphaea tetragona* Georgi

睡莲又称子午莲、水芹花，是属于睡莲科睡莲属的多年水生植物，睡莲是水生花卉中名贵花卉。外形与荷花相似，不同的是荷花的叶子和花挺出水面，而睡莲的叶子和花浮在水面上。睡莲因昼舒夜卷而被誉为"花中睡美人"。

2. 形态特征

多年水生草本；根状茎短粗。叶纸质，心状卵形或卵状椭圆形，长5～12厘米，宽3.5～9厘米，基部具深弯缺，约占叶片全长的1/3，裂片急尖，稍开展或几重合，全缘，上面光亮，下面带红色或紫色，两面皆无毛，具小点；叶柄长达60厘米。花直径3～5厘米；花梗细长；花萼基部四棱形，萼片革质，宽披针形或窄卵形，长2～3.5厘米，宿存；花瓣白色，宽披针形、长圆形或倒卵形，长2～2.5厘米，内轮不变成雄蕊；雄蕊比花瓣短，花药条形，长3～5毫米；柱头具5～8辐射线。浆果球形，直径2～2.5厘米，为宿存萼片包裹；种子椭圆形，长2～3毫米，黑色。花期6～8月，果期8～10月。

3. 生境分布

生于池沼、湖泊中，一些公园的水池中常有栽培。

睡莲大部分原产北非和东南亚热带地区，少数产于南非、欧洲和亚洲的温带和寒带地区，日本、朝鲜、印度、苏联、西伯利亚及欧洲等地。目前，国内各省区均有栽培。

4. 栽培技术

分株繁殖。于每年春季3～4月份，芽刚刚萌动时将根茎掘起，用利刀分成几块。保证根茎上带有两个以上充实的芽眼，栽入池内或缸内的河泥中。

播种繁殖。将黑色椭圆形饱满的种子放在清水中密封储藏，直至第二年春天播种前取出。浸入25～30℃的水中催芽，每天换水，两周后即可发芽。待幼苗长至3～4厘米时，即可种植于池中，要保证足够的水深。

睡莲可盆栽或池栽。池栽应在早春将池水放净，施入基肥后再添入新塘泥然后灌水。灌水应分多次灌足。选好栽培土，选好栽茎，适当浅栽，光照充足、增施肥料、防治虫害，睡莲可多开花。

5. 主要价值

（1）园林价值。水景园的主题材料，各色睡莲，或盆栽，或池栽，供人观赏。比如以睡莲作为主题，配以王莲、芡实、荷花、荇菜、香蒲、鸢尾等材料，将它们按不同方式摆放。将会形成不同的水景效果。睡莲的根能吸收水中的铅、汞、苯酚等有毒物质，是难得的水体净化的植物材料，因此在城市水体净化、绿化、美化建设中备受重视。

（2）药用价值。睡莲根茎富含淀粉，可食用或酿酒。全草宜作绿肥，其根状茎可食用或药用。根茎还可入药，用于做强壮剂、收敛剂，可用于治疗肾炎。

三十二、鸡蛋花

1. 简介

中文学名：鸡蛋花

拉丁学名：*Plumeria rubra Linn cv. Acutifolia*

鸡蛋花，别名缅栀子、蛋黄花、印度素馨、大季花，夹竹桃科、鸡蛋花属落叶灌木或小乔木。小枝肥厚多肉。叶大，厚纸质，多聚生于枝顶，叶脉在近叶缘处连成一边脉。花数朵聚生于枝顶，花冠筒状，径5～6厘米，5裂。外面乳白色，中心鲜黄色，极芳香。花期5～10月。鸡蛋花夏季开花，清香优雅。落叶后，光秃的树干弯曲自然，其状甚美。

适合于庭院、草地中栽植，也可盆栽，可入药。原产于美洲，中国已引种栽培。

2. 形态特征

落叶小乔木，高约5米，最高可达8米，胸径15～20厘米；枝条粗壮，带肉质，具丰富乳汁，绿色，无毛。叶厚纸质，长圆状倒披针形或长椭圆形，顶端短渐尖，基部狭楔形，叶面深绿色，叶背浅绿色，两面无毛；中脉在叶面凹入，在叶背略凸起，侧脉两面扁平，每边30～40条，未达叶缘网结成边脉；叶柄长4～7.5厘米，上面基部具腺体，无毛。聚伞花序顶生，无毛；总花梗三歧，长11～18厘米，肉质，绿色；花梗淡红色；花萼裂片小，卵圆形，顶端圆，不张开而压紧花冠筒；花冠外面白色，花冠筒外面及裂片外面左边略带淡红色斑纹，花冠内面黄色，直径4～5厘米，花冠筒圆筒形，直径约4毫米，外面无毛，内面密披柔毛，喉部无鳞片；花冠裂片阔倒卵形，顶端圆，基部向左覆盖；雄蕊着生在花冠筒基部，花丝极短，花药长圆形；心皮2，离生，无毛，花柱短，柱头长圆形，中间缢缩，顶端2裂；每心皮有胚珠多颗。蓇葖双生，广歧，圆筒形，向端部渐尖，直径约1.5厘米，绿色，无毛；种子斜长圆形，扁平，顶端具膜质的翅，翅长约2厘米。花期5～10月，果期栽培极少结果，一般为7～12月。

3. 生境分布

我国广东、广西、云南、福建等省区有栽培，在云南南部山中有些为野生的。原产墨西哥；现广植于亚洲热带及亚热带地区。

4. 栽培技术

鸡蛋花喜湿热气候，耐干旱，喜生于石灰岩石地，扦插繁殖极易成活。一般宜在5月中下旬，从分枝的基部剪取枝条长20～30厘米，剪口处有白色乳汁流出，需放在阴凉通风处2～3天，使伤口结一层保护膜再扦插，带乳汁扦插易腐烂。插入于干净的蛭石或沙床或浅沙盆，然后喷水，置于室内或室外阴棚下，隔天喷水一次，使基质保持湿润即可。插后15～20天移至半阴处，使之见弱光，30～35天生根，45天即可上盆，扦插小苗生根成活后，要及时移栽在口径20厘米的盆中，鸡蛋花对土壤要求不严，宜种植在含腐殖质较多的疏松土壤中。

5. 主要价值

（1）园林价值。花白色黄心，芳香，叶大深绿色，树冠美观，常栽作观赏。

（2）药用价值。广东、广西民间常采其花晒干泡茶饮，有治湿热下痢和解毒、润肺。

三十三、软叶针葵

1. 简介

中文学名：软叶针葵

拉丁学名：*Phoenix roebelenii* O.Brien

软叶刺葵，别名江边刺葵、针葵、美丽针葵，属棕榈科，刺葵属常绿木本植物。茎丛生，栽培时常为单生，高1～3米，稀更高，直径达10厘米，具宿存的三角状叶柄基部。叶片羽片线形，较柔软，两面深绿色，背面沿叶脉披灰白色的糠秕状鳞秕，呈2列排列，下部羽片变成细长软刺。原产于印度和中南半岛及中国西双版纳等地，现分布云南、广东、广西等省区。

2. 形态特征

茎丛生，栽培时常为单生，高1～3米，直径达10厘米，具宿存的三角状叶柄基部。叶长1～2米；羽片线形，较柔软，长20～40厘米，两面深绿色，背面沿叶脉披灰白色的糠秕状鳞秕，呈2列排列，下部羽片变成细长软刺。佛焰苞长30～50厘米，仅上部裂成2瓣；雄花序与佛焰苞近等长，雌花序短于佛焰苞；分枝花序长而纤细，长达20厘米；雄花花萼长约1毫米，顶端具三角状齿；花瓣3，针形，长约9毫米，顶端渐尖；雄蕊 6；雌花近卵形，长约 6 毫米；花萼顶端具明显的短尖头。果实长圆形，长 1.4～1.8 厘米，直径 6～8 毫米，顶端具短尖头，成熟时枣红色，果肉薄而有枣味。花期 4～5 月，果期 6～9 月。

3. 生境分布

产于云南。常见于江岸边，海拔 480～900 米。广东、广西等省区有引种栽培。缅甸、越南、印度亦产。

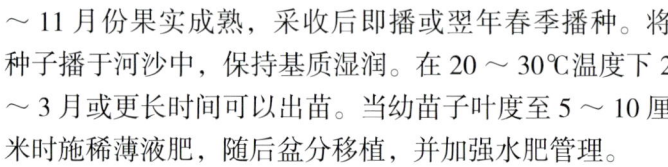

4. 栽培技术

多用播种繁殖。开花后授粉容易结果，10～11 月份果实成熟，采收后即播或翌年春季播种。将种子播于河沙中，保持基质湿润。在 20～30℃温度下 2～3 月或更长时间可以出苗。当幼苗子叶度至 5～10 厘米时施稀薄液肥，随后盆分移植，并加强水肥管理。

5. 主要价值

适宜庭院及道路绿化，花坛、花带丛植、行植或与景石配植，可盆栽摆设。

三十四、凤尾兰

1. 简介

中文学名：凤尾兰

拉丁学名：*Yucca gloriosa* L.

灌木或小乔木。干短，有时分枝，高可达 5 米。叶密集，螺旋排列茎端，质坚硬，有白粉，剑形。原产于北美东部及东南部，现长江流域各地普遍栽植。凤尾兰花大树美叶绿，是良好的庭园观赏树木，常植于花坛中央、建筑前、草坪中、路旁及绿篱等栽植用。叶纤维韧性强，可供制缆绳用。凤尾兰是塞舌尔国家的国花。

2. 形态特征

常绿灌木，茎通常不分枝或分枝很少。叶片剑形，长 40～70 厘米，宽 3～7 厘米，顶端尖硬，螺旋状密生于茎上，叶质较硬，有白粉，边缘光滑或老时有少数白丝（别于丝兰）。圆锥花序高 1 米多，花朵杯状，下垂，花瓣 6 片，乳白色，合成心皮雌蕊，是上位子房下位花，花期 6～10 月。蒴果椭圆状卵形，长 5～6 厘米，不开裂。

3. 生境分布

喜温暖湿润和阳光充足环境，耐寒，耐阴，耐旱也较耐湿，对土壤要求不高。原产于北美东部及东南部。温暖地区广泛露地栽培。

4. 栽培技术

分株繁殖。在春季 2～3 月根蘖芽露出地面时可进行分栽。分栽时，每个芽上最好能带一些肉根。先挖坑施肥，再将分开的蘖芽埋入其中，埋土不要太深，稍盖顶部即可。也可截取茎端簇生叶的部分，带 9～12 厘米长的一段茎，把叶子摘掉一部分，留 7 片叶左右，埋入 12～15 厘米深的坑中，埋后浇水。

播种。种子繁殖需经人工授粉才可实现。人工授粉以 5 月份为好，授粉后约 70 天种子成熟，当年 9 月下旬播种，经一个月出苗，出苗率约 40% 以上。亦可将种子干藏至春季播种。

扦插。在春季或初夏，挖取茎干，剥去叶片，剪成 10 厘米长，茎干粗可纵切成 2～4 块，开沟平放，纵切面朝下，盖下 5 厘米，保持湿度，插后 20～30 天发芽。分株，每年春、秋挖取带叶茎干直接栽植。

5. 主要价值

（1）园林价值。凤尾兰常年浓绿，花、叶皆美，树态奇特，数株成丛，高低不一，叶形如剑，开花时花茎高耸挺立，花色洁白，繁多的白花下垂如铃，姿态优美，花期持久，幽香宜人，是良好的庭园观赏树木，也是良好的鲜切花材料。常植于花坛中央、建筑前、草坪中、池畔、台坡、建筑物、路旁及绿篱等栽植用。

（2）药用价值。可治支气管哮喘、咳嗽。

三十五、非洲楝

1. 简介

中文学名：非洲楝

拉丁学名：*Khaya senegalensis* (Desr.) A. Juss.

乔木，高可达 20 米；叶互生，羽状复叶；圆锥花序顶生或生上部叶腋，花四出数，花后结蒴果。有称之为非洲桃花心木，实际是非洲桃花心木的近属种，并非真正桃花心木。但也可作木材植物用，同时本树树叶可作饲料，根可入药。

2. 形态特征

乔木，高达 20 米或更高；幼枝具暗褐色皮孔，树皮呈鳞片状开裂。叶互生，叶轴和叶柄圆柱形，

无毛，长 15～60 厘米或更长；小叶 6～16 片，近对生或互生，顶端 2 对小叶对生，长圆形或长圆状椭圆形，下部小叶卵形，长 7～17 厘米，宽 3～6 厘米，先端短渐尖或急尖，基部宽楔形或略圆形，稍不对称，叶面深绿色，背面苍绿色，侧脉 9～14 对，干后两面稍突起，全缘；小叶柄长 5～10 毫米。圆锥花序顶生或腋上生，短于叶，无毛；萼片 4，分离，阔卵形长约 1 毫米，无毛；花瓣 4，分离，椭圆形或长圆形，长 3 毫米，无毛；雄蕊管坛状；子房卵形，无毛，通常 4 室。蒴果球形，成熟时自顶端室轴开裂，果壳厚；种子宽，横生，椭圆形至近圆形，边缘具膜质翅。

3. 生境分布

喜光，喜温暖至高温湿润气候，抗风较强，不耐干旱和寒冷，抗大气污染。

原产于非洲热带地区和马达加斯加；我国福建（厦门）、台湾（中南部）、广东（广州）、广西（南宁、合浦）及海南等地有栽培。

4. 栽培技术

小苗移栽时，先挖好种植穴，在种植穴底部撒上一层有机肥料作为底肥（基肥），厚度为 4～6 厘米，再覆上一层土并放入苗木，以把肥料与根系分开，避免烧根。放入苗木后，回填 1/3 深的土壤，把根系覆盖住，扶正苗本，踩紧土壤到穴口，用脚把土壤踩实，浇透水，浇水后如果土壤有下沉现象，再添加土壤，最后用小竹杆把苗木绑扎牢固，不使其随风摇摆，以利新根生长。

5. 主要价值

（1）园林价值。本种枝叶繁茂，树姿挺拔秀丽，树冠广阔。绿荫效果良好，宜作庭园风景树、绿荫树和行道树。

（2）药用价值。可治支气管哮喘、咳嗽。

三十六、蒲葵

1. 简介

中文学名：蒲葵

拉丁学名：*Livistona chinensis* (Jacq.) R. Br.

蒲葵为棕榈科蒲葵属的多年生常绿乔木，高可达 20 米，基部常膨大，叶阔肾状扇形，果实椭圆形橄榄状。蒲葵不但是一种庭园观赏植物和良好的四旁绿化树种，也是一种经济林树种。可用其嫩叶编制葵扇，老叶制蓑衣等，叶裂片的肋脉可制牙签，果实及根入药。

2. 形态特征

乔木状，高 5～20 米，直径 20～30 厘米，基部常膨大。叶阔肾状扇形，直径达 1

米余，掌状深裂至中部，裂片线状披针形，基部宽4～4.5厘米，顶部长渐尖，2深裂成长达50厘米的丝状下垂的小裂片，两面绿色；叶柄长1～2米，下部两侧有黄绿色（新鲜时）或淡褐色（干后）下弯的短刺。花序呈圆锥状，粗壮，长约1米，总梗上有6～7个佛焰苞，约6个分枝花序，长达35厘米，每分枝花序基部有1个佛焰苞，分枝花序具2次或3次分枝，小花枝长10～20厘米。花小，两性，长约2毫米；花萼裂至近基部成3个宽三角形近急尖的裂片，裂片有宽的干膜质的边缘；花冠约2倍长于花萼，裂至中部成3个半卵形急尖的裂片；雄蕊6枚，其基部合生成杯状并贴生于花冠基部，花丝稍粗，宽三角形，突变成短钻状的尖头，花药阔椭圆形；子房的心皮上面有深雕纹，花柱突变成钻状。果实椭圆形（如橄榄状），长1.8～2.2厘米，直径1～1.2厘米，黑褐色。种子椭圆形，长1.5厘米，直径0.9厘米，胚约位于种脊对面的中部稍偏下。花果期4月。

3. 生境分布

蒲葵产于中国南部，多分布在广东省南部，尤以江门市新会区种植为多。中南半岛亦有分布。

4. 栽培技术

（1）施肥。种子全部出苗后即可用0.2%的尿素催苗，每周一次。进入冬天，施一次腐熟的人畜粪，以补充土壤中有机质，为幼苗育壮打下基础。第二年开春间苗移栽后氮、磷、钾混合施肥，尿素、过磷酸钙、氯化钾之比为2∶2∶1，质量分数为0.5%，每月2～3次。每月施一次腐熟的有机肥，有杂草及时除去。

（2）移栽定植。播种后第二年春天，间苗移栽，每平方尺保留1株（最多2株）。第四年春天每2平方尺保留1株，其余均另行移栽。移栽时须根极少，起苗时要尽量保护主根，以免折断。第五年春，主干已经形成，主根也形成众多须根，起苗定植要带土，而且要尽量保留须根，以确保成活。

（3）剥棕摘叶。剥棕摘叶的时间都在移栽、定植的月份进行。因为在这段时间内，植株从小就受到播种、移栽、定植的锻炼，可以避免因剥棕（苞片）受到伤害而死亡。第一次剥棕要在定植后5年进行，这样形成的主干粗壮，剥早了容易造成主干上大下小。每一次剥棕都必须留第三年的叶片不剥，如果留得太少，伤其心，植株必定死亡。剥棕，是及时对枯黄的叶片贴苞片割掉，使植株一年四季都呈现出青翠的热带风光，南国景色。

（4）防治虫害。从幼苗出土就着手进行，主要

防治蝼蛄和钻心虫。蝼蛄啃食植株地下部分造成蒲葵整株死亡，钻心虫为害幼苗心叶，造成枯心。对这两种害虫都可用800～1000倍液的氧化乐果，以施肥的方式浇于植株窝内杀灭。春、夏、秋三季共用药4～5次，当发现有一株幼苗遭到危害即可用药，效果极佳。

5. 主要价值

（1）园林价值。蒲葵四季常青，树冠伞形，叶大如扇，是热带、亚热带地区重要绿化树种。常列植置景，夏日浓荫蔽日，一派热带风光。

（2）药用价值。蒲葵子为蒲葵种子，性味平、淡，具有败毒抗癌、消淤止血之功效。民间常用其治疗白血病、鼻咽癌、绒毛膜癌、食道癌。

蒲葵子提取物部位能抑制肝癌细胞HepG2和白血病细胞HL60的增殖，有较强的体外抗肿瘤活性。

三十七、菠萝蜜

1. 简介

中文学名：菠萝蜜

拉丁学名：*Artocarpus heterophyllus* Lam.

菠萝蜜是桑科波罗蜜属的常绿乔木。树高10～20米，树皮黑褐色；叶革椭圆形，螺旋状排列；花雌雄同株，果实成熟时表皮呈黄褐色，表面有瘤状凸体和粗毛。菠萝蜜是热带水果，也是世界上最重的水果，一般重达5～20公斤，最重超过59公斤。果肉鲜食或加工成罐头、果脯、果汁。种子富含淀粉，可煮食；树液和叶药用，消肿解

毒；果肉有止渴、通乳、补中益气功效；菠萝蜜树形整齐，冠大荫浓，果奇特，是优美的庭荫树和行道树。

2. 形态特征

桑科常绿乔木，株高可达20米。叶互生，长椭圆形或倒卵形，革质，有光泽，全缘或偶有浅裂。复合果卵（果实）状椭圆形，外皮绿色有棱角，常生于树干，大如西瓜，重量可达50公斤，为世界之冠，内有数十个淡黄色果囊，果色金黄，中有果核，味香甜，可食用，炒食风味佳。树性强健，适合作行道树、园景树。外形巨大如车轮。菠萝蜜树高在2～3米之间。经过人工培育成为伞形树冠。在树的主干上，粗壮的分枝上，粗大

的结果枝上，抽芽，开花，结果。树皮较粗糙，为棕灰色，带有灰白色的大花斑。叶片为单叶，圆形或者卵形，长12～22厘米，宽6～9厘米，两面无毛，叶柄长1.5～2厘米。有的花顶生，有的则腋生，雌雄同株，雌花长4～15厘米，鲜绿色，生长位置比较同一结果枝上的雄花低；雄花长约5厘米，表面较光滑，暗绿色。每年2月起开花，花期为5个月。一边开花，一边结果。果实大若冬瓜，长椭圆形，棕绿色。菠萝蜜的果实浅黄色，成熟时，果皮为黄绿色，采收之后会转变为黄褐色，皮像锯齿，有六角形瘤，突起，坚硬有软刺；果肉被乳白色的软皮包裹着。果肉质地为肉质，金黄色，鲜果肉香甜爽滑，有特殊的蜜香味。种子浅褐色，卵形或长卵形。果熟期为5～9月。

3. 生境分布

菠萝蜜喜热带气候。适生于无霜冻、年雨量充沛的地区。喜光，生长迅速，幼时稍耐阴，喜深厚肥沃土壤，忌积水。原产印度西高止山。中国广东、海南、广西、福建、云南（南部）常有栽培。尼泊尔、印度、不丹、马来西亚也有栽培。

4. 栽培技术

菠萝蜜的栽培关键在于育苗。育苗也分为砧木苗的培育和嫁接苗的培育两个不同的阶段。培育菠萝蜜的砧木苗，必须先选种，在沙床上播种催芽。每年的6～10月都可以催芽。大规模种植可以选在9～10月份进行。

5. 主要价值

（1）园林价值。树形整齐，冠大荫浓，果奇特，是优美的庭荫树和行道树。果实香甜可食。

（2）药用价值。菠萝蜜还有很高的药用价值。《本草纲目》中记载到"菠萝蜜性甘香……能止渴解烦，醒脾益气"，另外，它还有健体益寿的作用，对减肥也有疗效。

三十八、白兰树

1. 简介

中文学名：白兰树

拉丁学名：*Michelia alba* DC.

白兰，又称缅桂、白玉兰，是木兰科木兰属的常绿乔木。树皮灰色，揉枝叶有芳香；嫩枝及芽密披淡黄白色微柔毛，老时毛渐脱落；叶薄革质，长椭圆形或披针状椭圆形；

花白色，极香。产于亚洲和北美的温带和热带，是名贵香花树种。

2. 形态特征

常绿乔木，高达17米，枝广展，呈阔伞形树冠；胸径30厘米；树皮灰色；揉枝叶有芳香；嫩枝及芽密披淡黄白色微柔毛，老时毛渐脱落。叶薄革质，长椭圆形或披针状椭圆形，长10～27厘米，宽4～9.5厘米，先端长渐尖或尾状渐尖，基部楔形，上面无毛，下面疏生微柔毛，干时两面网脉均很明显；叶柄长1.5～2厘米，疏披微柔毛；托叶痕几达叶柄中部。花白色，极香；花被片10片，披针形，长3～4厘米，宽3～5毫米；雄蕊的药隔伸出长尖头；雌蕊群披微柔毛，雌蕊群柄长约4毫米；心皮多数，通常部分不发育，成熟时随着花托的延伸，形成蓇葖疏生的聚合果；蓇葖熟时鲜红色。花期4～9月，夏季盛开，通常不结实。

3. 生境分布

原产于印度尼西亚爪哇，现广植于东南亚。我国福建、广东、广西、云南等省区栽培极盛，长江流域各省区多盆栽，在温室越冬。

4. 栽培技术

少见结实，多用嫁接繁殖，用黄兰、含笑、火力楠等为砧木；也可用空中压条或靠接繁殖。

5. 主要价值

花洁白清香、夏秋间开放，花期长，叶色浓绿，为著名的庭园观赏树种，多栽为行道树。

三十九、黄素馨

1. 简介

中文学名：黄素馨

拉丁学名：*Jasminum mesnyi*

黄素馨又名云南黄素馨、野迎春，为木犀科素馨属常绿披散灌木，枝条柔软，长枝拱形下垂，绿枝四棱形；叶对生，3片小叶组成复叶，中间的一片较大，小叶卵形至矩圆状卵形，顶端凸尖，平滑无毛。花单生于叶腋，单瓣或重瓣，花冠黄色，高脚碟状，有6裂的花瓣。

2. 形态特征

常绿直立亚灌木，高 0.5～5 米，枝条下垂。小枝四棱形，光滑无毛。叶对生，三出复叶或小枝基部具单叶；叶柄长 0.5～1.5 厘米，具沟；叶片和小叶片近革质，两面几无毛，叶缘反卷，具睫毛，中脉在下面凸起，侧脉不甚明显；小叶片长卵形或长卵状披针形，先端钝或圆，具小尖头，基部楔形，顶生小叶片长 2.5～6.5 厘米，宽 0.5～2.2 厘米，

基部延伸成短柄，侧生小叶片较小，长 1.5～4 厘米，宽 0.6～2 厘米，无柄；单叶为宽卵形或椭圆形，有时几近圆形。花通常单生于叶腋，稀双生单生于小枝顶端；苞片叶状，倒卵形或披针形，长 5～10 毫米，宽 2～4 毫米；花梗粗壮；花萼钟状，裂片 5～8 枚，小叶状，披针形，长 4～7 毫米，宽 1～3 毫米，先端锐尖；花冠黄色，漏斗状，径 2～4.5 厘米，花冠管长 1～1.5 厘米，裂片 6～8 枚，宽倒卵形或长圆形，栽培时出现重瓣。果椭圆形，两心皮基部愈合，径 6～8 毫米。花期 11 月至翌年 8 月，果期 3～5 月。

3. 生境分布

产于四川西南部、贵州、云南。生峡谷、林中，海拔 500～2 600 米。我国各地均有栽培。

4. 栽培技术

繁殖以扦插为主，也可用压条和分株法繁殖。扦插生根后，或压条生根后即可定植。移栽定植多宜在春季进行，移植时需带宿土，大丛植株移植需将上部枝干剪除一部分。在形成自然株形时，留 3 条主干，把蘖生枝条或下部枝条剪掉。对内膛枝要疏枝。将头一年枝留 2～3 个芽剪掉，次年会在新长出的枝上开花。

5. 主要价值

（1）园林价值。黄素馨株形优美、枝叶青绿、明黄色的花朵给人以灿烂夺目之感，若施以不同的捆扎造型，装饰效果更好。常作大、中型盆栽，陈设于客厅的几架、台面等显眼处；也可地栽于庭院的水池边、假山侧等处，效果不错。

（2）药用价值。根能舒筋活血，散瘀止痛。

四十、五色梅

1. 简介

中文学名：五色梅

拉丁学名：*Lantana camara* L.

五色梅，马鞭草科马缨丹属直立或蔓性的灌木。因其一丛花序之中常会有多色的变化，所以别名也称为五色梅、五彩花，同时枝叶含有特别的刺激气味，所以马樱丹也有臭草、臭金凤等别名。茎枝均呈四方形，有短柔毛，通常有短而倒钩状刺。叶片表面有粗糙的皱纹和短柔毛，背面有小刚毛。花冠黄色或橙黄色，开花后不久转为深红色。适合制作多种形式盆景。

2. 形态特征

直立或蔓性的灌木，高 1～2 米，有时藤状，长达 4 米；茎枝均呈四方形，有短柔毛，通常有短而倒钩状刺。单叶对生，揉烂后有强烈的气味，叶片卵形至卵状长圆形，长 3～8.5 厘米，宽 1.5～5 厘米，顶端急尖或渐尖，基部心形或楔形，边缘有钝齿，表面有粗糙的皱纹和短柔毛，背面有小刚毛，侧脉约 5 对；叶柄长约 1 厘米。花序直径 1.5～2.5 厘米；花序梗粗壮，长于叶柄；苞片披针形，长为花萼的 1～3 倍，外部有粗毛；花萼管状，膜质，长约 1.5 毫米，顶端有极短的齿；花冠黄色或橙黄色，开花后不久转为深红色，花冠管长约 1 厘米，两面有细短毛，直径 4～6 毫米；子房无毛。果圆球形，直径约 4 毫米，成熟时紫黑色。全年开花。

3. 生境分布

原产于美洲热带地区，现在我国台湾、福建、广东、广西见有逸生。常生长于海拔 80～1500 米的海边沙滩和空旷地区。世界热带地区均有分布。

4. 栽培技术

五色梅原产于热带美洲，我国南方也有少量的野生。喜温暖湿润和阳光充足的环境，不耐寒。制作好的盆景春至秋的生长季节可放在室外向阳处养护，即使盛夏也不必遮光，但要求通风良好。若光照不足会造成植株徒长，茎枝又细又长，且开花稀少，严重影响观赏。生长期保持盆土湿润，避免过分干燥，并注意向叶面喷水，以增加空气湿度；每 15 天左右施一次以磷钾为主的薄肥，以提供充足的养分，使植株多开花。五色梅生长较快，栽培中应及时剪除影响造型的枝叶，以保持树形的美观，每次花后将过长的嫩枝剪短，秋末冬初对植株进行一次重剪，把当年生枝条都适当剪短。

5. 主要价值

（1）园林价值。五色梅嫩枝柔软，适合制作多种形式盆景。五色梅花色美丽，观花期长，绿树繁花，常年艳丽，抗尘、抗污力强，华南地区可植于公园、庭院中做花篱、花丛，也可于道路两侧、旷野形成绿化覆盖植被。盆栽可置于门前、G堂、居室等处观赏，也可组成花坛。

（2）药用价值。根、叶、花作药用，有清热解毒、散结止痛、祛风止痒之效；可治疟疾、肺结核、颈淋巴结核、腮腺炎、胃痛、风湿骨痛等。

四十一、假连翘

1. 简介

中文学名：假连翘

拉丁学名：*Duranta repens* L.

假连翘是马鞭草科假连翘属蔓性灌木。叶片卵状椭圆形或卵状披针形，基部楔形，全缘或中部以上有锯齿。花冠通常蓝紫色。边开花边结果，核果成熟后黄色，有光泽。喜光，耐半阴，喜温暖湿润气候，耐修剪。常用作绿篱。

2. 形态特征

灌木，高1.5～3米；枝条有皮刺，幼枝有柔毛。叶对生，少有轮生，叶片卵状椭圆形或卵状披针形，长2～6.5厘米，宽1.5～3.5厘米，纸质，顶端短尖或钝，基部楔形，全缘或中部以上有锯齿，有柔毛；叶柄长约1厘米，有柔毛。总状花序顶生或腋生，常排成圆锥状；花萼管状，有毛，长约5毫米，5裂，有5棱；花冠通常蓝紫色，长约8毫米，稍不整齐，5裂，裂片平展，内外有微毛；花柱短于花冠管；子房无毛。核果球形，无毛，有光泽，直径约5毫米，熟时红黄色，有增大宿存花萼包围。花果期5～10月，在南方可为全年。

3. 生境分布

原产于热带美洲。我国南部常见栽培。

4. 栽培技术

连翘根系发达、萌发力极强，秋季落叶后或早春萌芽前，可挖取植株根际周围的根蘖苗另行移栽定植。

此外，还可进行播种繁殖、扦插繁殖、压条繁殖。

5. 主要价值

（1）园林价值。连翘树姿优美、生长旺盛；早春先叶开花,且花期长、花量多,盛开时满枝金黄,芬芳四溢,令人赏心悦目。可作花篱、花丛、花镜、花坛栽植于宅旁、亭阶、墙隅、篱下或路边、溪边、池畔,在绿化、美化、香化城市方面应用广泛,是观光农业和现代园林难得的优良树种。

(2)药用价值。广西用根、叶止痛、止渴。福建用果治疟疾和跌打胸痛,叶治痈肿初起和脚底挫伤瘀血或脓肿。